納尼亞傳奇

銀椅

The Silver Chair

C.S.路易斯 —— 著

張琰 —— 譯

《納尼亞傳奇》是你永遠的朋友！

每一個小孩，與每一個心智仍舊年輕的大人都應該讀 C.S. 路易斯聞名於世、深受兒童喜愛的這部經典之作——《納尼亞傳奇》。我個人深感榮幸，也極欣喜向各位介紹這套《納尼亞傳奇》。書中會說話的動物、邪惡的魔龍、魔咒，國王、皇后、與王國陷在危險之中，矮人、巨人、和魔戒將帶領你進入不同的世界——就是納尼亞王國的世界。

經由神奇的魔衣櫥，進入了納尼亞王國，一個動物會說話、樹木會歌唱、人類與黑暗勢力爭戰的地方。與故事主角彼得、蘇珊、愛德蒙和露西做朋友，一同看他們是如何作生命中重大的決定，從小孩成長為王國裡的國王與皇后。認識全世界最仁慈、最有智慧、也最友善的獅子——亞斯藍，他是犧牲奉獻愛的化身，也希望成為你的朋友。

《納尼亞傳奇》系列叢書將對你的生命產生積極正面的影響，字裡行間充滿了智慧、溫馨與刺激，主題涵蓋了愛、權力、貪婪、驕傲、抱負與希望。書中描寫了善惡之爭，並為世界中所常見的邪惡提供了另一個道德出路。這套書不單是給兒童看的，也適合大人閱讀，而且值得一讀再讀，細細品味。這些書不僅會喚醒你的道德想像力，也將帶給你許多年的樂趣，我鄭重向您推薦《納尼亞傳奇》。

快加入這個旅程吧！一同來探索魔衣櫥裡的世界！我希望你會和我一樣喜愛這套書。

彭蒙惠

《空中英語教室》及救世傳播協會創辦人

Every child and every person who is young in heart should read C.S.(Clive Staples) Lewis?famous and beloved childrenís classics, The Chronicles of Narnia. With great pleasure and delight I introduce you to The Chronicles of Narnia. Talking animals, wicked dragons, magic spells; kings, queens and kingdoms in danger; dwarfs, giants, and magic rings that will whisk you to different worlds--this is the world of Narnia.

Journey through the magical wardrobe into the land of Narnia, a place where animals talk, trees sing, and humans battle with the forces of darkness. Become friends with Peter, Susan, Edmund, and Lucy as they make hard choices about life and mature from children into kings and queens. Meet Aslan, the kindest, wisest and friendlies lion in the world, the figure of sacrificial love, who also wants to become your friend.

The Chronicles of Narnia will make a posititve influence on your life. Witty, heartwarming, and exciting, they deal themes such as love, power, greed, pride, ambition, and hope. They portray the battle between good and evil and offer moral alternatives to the evil that is so often present in this world. These books are not just for children, but for adults as well. Read them, savor them, and then reread them again. These books will awaken your moral imagination as well as bring you many years of pleasure. I strongly recommend The Chronicles of Narnia.

Embark on this journey--discover the wardrobe.
I hope you will enjoy them as much as I have.

Most Warmly,

Dr.Doris Brougham
Founder/International Director
Overseas Radio and Television Inc./ Studio Classroom

獻給　尼可拉斯・哈帝

當你們再度和我在這裡遇見的時候，你們就必須待下來了。
但不是現在。
你們必須再回到你們自己的世界一段時間。

目錄 CONTENTS

1
體育館後面

你可以想像得到，即使門只開過一次，
這種記憶也會教人不斷地希望、不斷地想要試開看看這扇門，
因為萬一它剛好沒上鎖……

這是個陰沉的秋天日子，姬兒．波爾在體育館後面哭著。

她之所以哭，是因為他們又欺負她了。不過我要說的可不是校園故事，所以對姬兒學校的事就盡量少說了吧，反正這也不是個愉快的話題。這是所男女合校，一般人常稱它作「混合」學校，有些人則說這學校再怎麼「混」，也沒有管理學校的人腦袋「混」。這些人認為男孩和女孩都可以去做他們想做的事。不幸的是，大男生和大女生當中，總有十或十五個人最愛做的事，就是欺負別人。所以這裡就會發生各種各樣可怕的事，若是在正常一點的學校，這些事情不到半個學期就會被發現而且受到制止，可是在這所學校就不會。或者說，就算是發現並且制止了，為非作歹的學生也不會被退學或受到處罰。校長認為這些都是很有趣的心理學案例，還會把這些人找來長談好幾個鐘頭。如果你知道該對校長正常一點地說些什麼話，那麼到後來你反而會成為校長的愛徒呢。

就是這個原因，姬兒．波爾才會在這個陰沉的秋天，在體育館後面和灌木叢之間的潮濕小徑上哭泣。她還沒哭完呢，就有一個男孩子吹著口哨、兩手插在口袋裡繞過體育館轉角走過來，差一點就撞上她。

「你走路不會看路嗎？」姬兒．波爾說。

「**好**吧，」男孩說，「**妳**也用不著一開始——」這時他注意到她的臉。「我說，波爾，」他說，「妳怎麼啦？」

但姬兒卻只能扮個鬼臉，當你想要說話，卻發現一開口又會哭起來的時候，就會做出這種表情。

「是**他們**嘍，我猜——就像平常那樣。」男孩正色說著，兩隻手往口袋裡插得更深了。

姬兒點點頭。就算她可以說，也不用說任何話，他們倆都知道的。

「哎呀，聽著，」男孩說，「這樣也沒有什麼好處，我們——」

他的用意雖好，不過他的口氣**像是**要開始長篇大論了，姬兒突然發起脾氣（如果你哭到一半被人打斷，這種事就很可能會發生）。

「啊，走開啦！管你自己的事吧！」她說，「沒有人請你撞過來吧？你是個好人，你要告訴我該怎麼做對不對？我猜你是要說我們應該把所有時間都用來像你一樣，拍他們馬屁，巴結『他們』！」

「噢，天啊！」男孩說著，便往灌木叢邊緣長滿青草的土堤坐下，不過很快又站了起來，因為草地濕漉漉的。他的名字叫尤斯提．克萊倫斯．史瓜，名字不怎麼樣，不過倒不是個壞人。

「波爾！」他說，「妳這樣說公平嗎？我這學期有沒有做過任何那樣的事？我不是反對卡特那次兔子的事嗎？我不是一直都沒有說出史皮文的事嗎──即使是受到酷刑？我不是──」

「我不──不知道，我也不管嘛。」姬兒啜泣著說。

史瓜明白她現在還沒有恢復正常，於是很聰明地遞給她一顆薄荷糖。他自己也吃了一顆。不久後，姬兒就開始樂觀起來了。

「對不起，史瓜，」她很快地說，「我這樣說是很不公平，但你這學期真的是這樣沒錯啦。」

「那就拜託妳忘掉上學期的事好嗎？」尤斯提說，「我那時候跟現在是不一樣。我──哎呀！那時候的我，真是個小窩囊廢！」

「老實說，你真的是呢。」姬兒說。

「這麼說來，妳認為我變了嗎？」尤斯提說。

「不只是我認為哩，」姬兒說，「每個人都這麼說。**他們**就注意到了。愛蓮娜·布萊其頓昨天就在更衣間裡聽到阿黛拉·潘尼法德說到這件事。她說：有人控制了那個史瓜，這個學期他很不聽話喲。我們接著就必須去照顧他了。」

尤斯提一陣戰慄。實驗學校裡每個人都知道被**他們**「照顧」是怎麼回事。

兩個孩子都沉默了好一會兒。雨水從月桂樹葉上一滴滴落下。

「為什麼你跟上學期會那麼不一樣呢？」姬兒一會兒又問。

「放假的時候我碰到好多奇怪的事喔。」尤斯提神祕兮兮地說。

「什麼樣的事呀？」姬兒問道。

有好長一段時間，尤斯提一句說也沒說，然後他才說：「聽著，波爾，妳我討厭這裡的程度，不輸給任何人吧，對不對？」

「我知道我是的。」姬兒說。

「那我想我真的可以信任妳了。」

「你真好。」姬兒說。

「是啊，不過這真是個好棒的祕密喔。波爾啊，妳很容易相信事情嗎？我說的是相信這裡每個人都會嘲笑的事情喲！」

「我從沒有這個機會，」姬兒說，「可是我想我會的。」

「如果我說，之前的假期我曾經離開這個世界——到這個世界以外——妳會相信嗎？」

「我不懂你的意思。」

「唉，那我們別管什麼世界不世界的吧。假使我跟妳說，我去過一個地方，那裡的動物都會說話，那裡還有——還有——呃——魔法和妖龍——和——哎呀——有各種童話故事裡的東西呢？」史瓜覺得自己說這些話實在蠢呆了，臉漲得通紅。

「你怎麼去到那裡的呢？」姬兒說。她也莫名其妙地感到很不好意思。

「用妳唯一可能去那裡的方法——魔法，」尤斯提幾乎像是低聲耳語一般地說。「我是和兩個表親一起去的。我們是——咻的一聲突然就過去了。他們以前也去過那裡。」

兩人現在輕聲細語地說著，姬兒不知怎的也覺得比較容易相信了。接著有一陣可怕的猜疑籠罩住她，她說（非常的凶，那時她看起來像是頭母老虎）：

「如果我發現你在耍我，我就永遠都不要跟你說話了喔，永遠、永遠、永遠都不講話了喔。」

「我沒有耍妳，」尤斯提說，「我發誓沒有耍妳。我用——用每件事發誓。」

（我在讀書的時候，大家都會說：「我用《聖經》發誓。」不過在實驗學校裡頭，他們可不鼓勵用《聖經》發誓。）

「好吧，」姬兒說，「我相信你。」

「而且不會告訴任何人？」

「你把我當成什麼了啊？」

他們說這些話的時候都興奮無比，可是話一說完，姬兒四下張望，又看了看陰沉的秋日天空，聽到樹葉滴水聲，想起實驗學校裡所有無望的事（實驗學校一學期有十三週，現在離學期結束還有十一週），於是她說：

「可是，又有什麼用呢？我們也不在那裡，我們在這裡呢！而且我們又到不了**那裡**。還是我們可以去呢？」

「這正是我一直在想的事，」尤斯提說，「當我們從『那個地方』回來的時候，有個人說那兩個皮芬家的孩子（就是我的表親）再也不能去那裡了，妳知道嗎？那次是他們第三次到那裡。或許他們已經貢獻他們的力量做了該做的事。可是他從沒有說我不能再去呀。要是不行，他一定會說，要不他的意思應該是說我還會再回去吧？我總是忍不住在想，我們可不可以——可不可能——？」

「你是說，我們能不能做點事情讓它發生？」

尤斯提點點頭。

「你是說，我們可以在地上畫個圓圈——圓圈裡面還要寫些奇怪的字——再站到裡面去，然後唸咒語嗎？」

「呃，」尤斯提細想了一會兒之後說，「我相信那就是我一直在想的事，只是從來沒有付諸行動。不過現在倒讓我想通了，就是那些畫圓圈之類的事，都是胡說八道。我認為他不會喜歡的。好像我們以為可以命令他做事情。可是實際上，我們只能請求他而已。」

「你說的這個人是誰啊？」

「『那個地方』的人都叫他亞斯藍。」尤斯提說。

「好奇怪的名字喔！」

「還沒有他本人一半奇怪呢，」尤斯提嚴肅地說，「不過我們快開始吧。只是請求他而已，不會有壞事的。我們並肩站著，就像這樣。然後我們把兩手往前伸直，手心朝下：就像他們在拉曼杜島做的一樣！」

「什麼島？」

「我下次再告訴妳。他也許會喜歡我們面向東方。我看看，哪邊是東邊？」

「我不知道。」姬兒說。

「女生真的是超詭異的，她們從來都看不懂羅盤的方位。」尤斯提說。

「你也不知道啊。」姬兒忿忿不平地說。

「我知道啦，只要妳別老是打岔就行了。我已經找出來了。那裡是東邊，就是面向月桂樹的方向。好啦，妳要不要跟著我說？」

「說什麼？」姬兒問。

「當然是我等一下要說的話啦，」尤斯提回答。「現在——」

然後他開始唸：「亞斯藍，亞斯藍，亞斯藍！」

「亞斯藍，亞斯藍，亞斯藍。」姬兒跟著唸。

「請讓我們兩個人走進——」

就在這時候，他們聽到體育館另一面有個聲音高喊：「波爾嗎？是呀，我知道她在哪裡。她在體育館後面哭哭啼啼呢。要我把她找過來嗎？」

姬兒和尤斯提互瞄了一眼，立刻掩身到月桂樹下，開始用一種值得稱讚的速度，飛快爬上灌木叢那陡斜的土坡。（由於實驗學校奇特的教學方式。那裡的學生對於法文、數學或拉丁文之類的學科沒學到什麼，但是對於「他們」在找自己的時候，該怎樣安靜又迅速地溜走，倒是學了不少。）

急匆匆地走了大約一分鐘之後，他們停下來傾聽，根據傳來的喧鬧聲推測，有人跟在他們後面。

「要是那扇門能再打開來就好了！」他們往前走時，史瓜說，而姬兒點點頭。在灌木叢的頂端有一面很高的石牆，牆上有一扇門，開了門，你就可以走出去，走到空曠的石南荒地。不過這扇門幾乎永遠是鎖上的，它曾經是開著的，或許就只有一次吧。可是你可以想像得到，即使門只開過一次，這種記憶也會教人不斷地希望、不斷地想要試開看看這扇門，因為萬一它剛好沒上鎖，那可真是偷溜出校園的絕佳方法。

姬兒和尤斯提兩個人現在又熱又髒，因為幾乎都是彎腰駝背地走在月桂樹下，他們喘著氣跑向牆邊。只見那扇門一如往常地關著。

「一定沒有用的啦！」尤斯提一隻手按著把手說道，然後叫了出來：「喔——喔——啊，天哪！」原來把手一轉，門竟然開了呢。

才不久前，兩人還想如果門沒鎖的話，就要立刻衝過這扇門，可是現在這扇門果真開了，他倆卻動也不動地呆站著。因為他們看到的是和之前所預期的全然不同的景象。

他們本以為會看到長滿石南的灰色荒野坡地，連綿不斷伸向陰沉的秋天天際。沒想到迎向他們的卻是刺眼的陽光。陽光潑灑而下，照亮門口，就像你在六月天裡，打開車庫門時，陽光潑灑進車庫的景象。陽光使得青草上的小雨，像是珠子一般滴閃閃發亮；也讓姬兒那張沾滿淚痕的髒臉看得更清楚了。陽光是來自一個看起來確實和我們的世界完全不同的地方——至少以他們舉目所見來說是這樣：他們看到的草地十分平滑，比姬兒見過的所有草地都光滑明亮；他們也看到藍藍的天空，以及來回閃動的一些東西，這些東西色彩鮮豔，也許是珠寶，再不就是巨大的蝴蝶。

雖然姬兒之前曾經渴望有這種奇遇，但此時她卻害怕了。她望了望史瓜的臉，知道他也很害怕。

「來吧，波爾。」他屏住氣說。

「我們回得來嗎？這樣安全嗎？」姬兒問道。

就在這時候，從他們後面傳來一個陰狠的聲音。「好啦，波爾，」那個聲音十分尖細刺耳，「誰都知道妳在那裡。下來吧。」那是艾迪絲・賈寇的聲音，她雖然不是「他們」當中的一個，卻是他們的嘍囉，專愛打小報告。

「快！」史瓜說，「來吧，我們握著手。千萬不能分開。」於是她還搞不清楚發生了什麼事，他就抓住她的手，把她拉出門，離開了校園，離開英格蘭，離開整個世界，來到「那個地方」了。

艾迪絲・賈寇的聲音突然消失了，就像一關掉收音機，裡面的聲音突地消失了那樣。頃刻之間他們周遭被一種特別的聲音所包圍。聲音來自他們頭上那些鮮豔的東西，結果是鳥兒。這些鳥的飛舞造成很喧鬧的聲音，不過這聲音倒是比我們的世界裡鳥兒的歌聲更像是音樂——而且是相當不錯的音樂，乍聽聽不出來是鳥發出的聲音呢。儘管鳥兒鳴唱，這裡卻有一種無邊無際的寂靜。這種寂靜加上清新的空氣，讓姬兒認為他們必定是在一座高山頂上。

史瓜仍然握著她的手，兩人一邊打量著四周，一邊往前走。姬兒看到周圍長著高大的樹木，這些樹很像是西洋杉，不過要更巨大。由於樹木長得稀疏，地上也沒有矮樹叢，所以往森林的左右看去，都沒有什麼阻礙。而姬兒視線所及之處，全是相同的景象——平坦的草地、黃色或深藍色或七彩羽毛的飛鳥、藍色的陰影和一大片曠野。涼爽明亮的空氣中沒有一絲風。這是座非常寂寞的森林。

正前方沒有樹木，只見一片藍色天空。他們直直往前走，沒有說話，姬兒突然聽到史瓜說：「小心！」感覺自己被往回拉。原來兩人走到了懸崖邊緣。

姬兒是那種沒有懼高症的幸運兒，一點也不介意站在懸崖邊，反倒是對史瓜把她拉回去很不高興——「好像我是個小孩子一樣。」她說——於是就把他的手甩開。看到他慘白的臉色，更是瞧不起他。

「怎麼回事呀？」她說。為了表示她一點都不害怕，便故意站到離懸崖邊非常近的地方，事實上，甚至比她原本想的還要近。然後她往下看。

這時候她才明白，史瓜面色慘白是有理由的，因為我們世界裡的懸崖沒有一座比得上它。先想像你自己站在你所知道的最高的山崖頂上，再想像你往最底下看去，然後再想像這座懸崖比那還要深十倍、二十倍。你往下看到那麼遠的地方時，再想像那底下有些小小的白色東西，乍看之下會以為那是綿羊，然後很快地你就發現那些其實是朵朵的白雲——不是霧般的細縷雲絲，而是朵朵巨大的白雲，每一朵都像山一樣巨大。而你終於從這些雲朵中間初次瞥見了真正的懸崖底，但那實在是太深太遠了，使你根本分不清那裡是田野還是樹林，是陸地還是水面：因為那裡距離白雲要比白雲跟你的距離還要遠。

姬兒盯著那裡，然後心想，或許她該從崖邊退後一呎左右吧，但又不想，因為她不知道史瓜會怎麼想。然後又突然決定不管他的想法了，她寧願趕快離開這嚇人的崖邊，一輩子再也不要嘲笑那些有懼高症的人了。可是她想要動卻動不了，兩條腿似乎變成了灰泥。每樣東西都在她眼前浮動。

「妳在做什麼，波爾？快回來——小糊塗蛋！」史瓜大叫。但是他的聲音似乎是從好遠的地方傳過來。她感覺到他要抓住她，但是現在她已經控制不住自己的手腳了。在懸崖邊有一陣短暫的拉扯。姬兒又害怕又暈頭轉向，根本不知道自己做了什麼，但有兩件事卻讓她永生難忘（之後這兩件事常會在她的夢裡出現）。一是她掙開了史瓜的手，另一件事是，就在此時此刻，史瓜發出一聲驚恐的尖叫，一下子沒站穩跌落深深的山崖了。

幸運的是，她沒有時間去思索自己做了什麼事。有個巨大而且色彩鮮豔的動物衝到懸崖邊。牠趴下來，身體湊向崖邊，並且（這才是怪事呢）開始吹氣。牠不是咆哮，不是噴鼻息，而是從大嘴巴裡吹出氣，像是吸塵器吸著氣那般穩定。姬兒躺的地方離這隻動物非常近，可以感覺得到那股氣在牠身體裡平穩地顫動著。她動也不動地躺著，因為她站不起來，幾乎要昏過去了，其實她倒希望自己真的昏過去，但是昏不昏過去也不是你能左右的。終於，她看到下方很遠的地方有個小黑點正飄離懸崖，略微往上飄。它爬高之際也離懸崖更遠了。等到它終於幾乎爬到和崖頂同樣高的時候。它已經遠到讓她看不見了。顯然它是以很快的速度飄離她。姬兒忍不住要認為是她旁邊的動物把它吹開的。

於是她轉頭去看那隻動物。原來那是頭獅子。

2

姬兒有任務在身

記住我的指示，相信它們。

其他的都不重要。

這頭獅子看也不看姬兒一眼，站了起來，又吹了最後一次的氣，然後好像對於自己的成果相當滿意的樣子，轉過身就慢慢走開，回到森林裡了。

「這一定是夢，一定，一定是的。」姬兒自言自語。「我馬上就會醒過來了。」但是這不是夢，她也沒有醒過來。

「我真希望我們沒有來到這個可怕的地方，」姬兒說，「我不相信史瓜對這裡知道的會比我多。就算他知道得比我多，他也不應該不事先警告我這裡的情形就帶我來。如果他不管我，我們兩個人都應該沒事的。」然後她又想起史瓜跌落山崖時候發出的尖叫，淚水就撲簌簌地流下來了。

你在哭的時候是沒什麼要緊，可是你遲早都會哭完，那時候你就得決定該做什麼事了。姬兒哭完了以後，發現自己渴得要命。原本她是面向下趴著，現在她坐了起來。那些鳥兒已經停止了歌唱，遠方傳來微弱持續的聲音，除此之外，四周是完全的靜謐。她仔細聆聽，幾乎可以肯定那是流水的聲音。

姬兒站起來，仔細地打量了周遭。不見獅子的蹤跡，但是她周圍有許多樹，所以牠可以輕易地離她很近，卻不被她看到。她猜想這一帶可能有好幾頭獅子，不過現在她渴得不得了，只好鼓起勇氣去找那流水。她踮起腳，小心翼翼地悄悄從一棵樹走到另一棵樹，每走一步都停下來細看四周。

樹林裡靜悄悄的，要分辨聲音從哪裡傳來並不難。水聲越來越清楚，比她想像的還要快地到了一處空地，看到了這條溪流，溪水明亮有如玻璃，離她很近。雖然看到溪水使她比剛才還要渴上十倍，她卻沒有衝上去喝水。她動也不動地站著，彷彿被人石化了一般，嘴巴還張得大大的。而她會這樣是有個很好的理由的：在溪的這一邊，那頭獅子正趴著呢。

獅子抬起頭，兩隻前爪伸在面前，像是倫敦「特拉法加廣場」上的石獅子那樣。她立刻知道牠看到她了，因為牠的目光直視她的眼睛好一會兒，然後轉向別處，似乎牠已經很了解她，不太在意她一樣。

「如果我跑開，牠很快就會追過來。」姬兒心想，「如果我繼續往前走，我就會直接走進牠嘴裡了。」其實呀，就算她想要動也動不了，她的目光也始終離不開牠。這樣的情況持續了多久，她也不知道，只是感覺上像是有好幾個小時。但是她已經渴得受不了了，她幾乎覺得只要可以讓她先喝一口水，她就不在乎獅子是否會吃掉她了。

「如果妳口渴的話，可以過來喝水。」

這是史瓜在懸崖邊跟她說過話以後，她聽到的第一句話。有一秒鐘的時間，她四下張望，不知道是誰在說話。然後那個聲音又說了：「如果妳口渴，就過來喝水。」當然她就想起史瓜說過在那個世界裡動物會說話的事了，於是她知道是獅子在講話。況且她這次看到牠的嘴在動，聲音也不像是人的聲音，而是更低沉、更有野性，也更有力量，是一種厚實而圓潤的聲音。這聲音並沒有教她比較不害怕，只不過她害怕的是另一件事。

「妳不渴嗎？」獅子問道。

「我快**渴死**啦！」姬兒說。

「那就喝水呀。」獅子說。

「我可不可以——我能不能——我喝水的時候你可不可以走開呢？」姬兒說。

獅子僅僅瞧了她一眼，發出低低的咆哮聲以作為回應。姬兒望著牠動也不動的龐大身軀，這才發現她還不如要整座山為了她走到一旁去哩。

香甜的淙淙溪水聲簡直要把她給逼瘋了。

「如果我走過去，你可不可以保證不要——不要對我做任何事？」姬兒說。

「我從不保證任何事。」獅子說。

姬兒實在是太渴了，所以竟不知不覺間走近了一步。

「你會吃**女生**嗎？」她說。

「我吃過男孩和女孩、男人和女人、國王和皇帝、城市和王國。」獅子說。

他說這番話不是要誇口，也沒有抱歉或是生氣的意味。他只是實話實說。

「我不敢過去喝水。」姬兒說。

「那妳就會渴死。」獅子說。

「噢，天哪！」姬兒說，一邊又靠近一步。「那我得去找另一條溪了。」

「這裡沒有第二條溪。」獅子說。

姬兒從沒有想到不去相信獅子的話——看過他那張嚴肅臉孔的人，沒有一個會不相信他——而她突然打定了主意。這是她必須去做的最糟的事，不過她還是走上前到溪邊，跪下來用手舀起水來喝。這是她嚐過最清涼、最令人神清氣爽的水。用不著喝很多，因為這水立刻就會解了你的渴。在喝水以前她原本打算一喝完水立刻就逃離獅子，但現在她明白這麼做是最危險的事。於是她站起來，她的嘴唇都還是濕的呢。

「過來。」獅子說。她不過去也不行，現在她幾乎是站在他的兩隻前爪中間了。她直直盯著他的臉，但是她盯不了很久，於是她垂下眼光。

「人類的孩子，」獅子說，「那個男孩在哪裡？」

「他跌下懸崖了。」姬兒說，然後又加上一句：「先生。」她不知道該稱呼他什麼，但不稱呼他又顯得太無禮了。

「他為什麼會掉下去呢，人類的孩子？」

「他想阻止我掉下去，先生。」

「那妳為什麼要那麼靠近懸崖邊呢，人類的孩子？」

「因為我在炫耀，先生。」

「這是個很好的答覆，人類的孩子。以後不可以再這樣了。現在呢，（說到這裡，獅子的表情頭一次變得比較和緩，也不再那麼嚴峻了。）那個男孩很安全。我把他吹到納尼亞去了。不過妳的任務要困難一些，因為妳所做的事的關係。」

「請問是什麼任務呢，先生？」姬兒說

「就是我把妳和他從你們的世界召喚過來要進行的任務。」

這話讓姬兒十分不解。「他一定是把我錯當成別人了。」她心想。她不敢告訴獅子，雖然她覺得除非她告訴這獅子，否則事情一定會搞得一團亂。

「把妳的想法說出來，人類的孩子。」獅子說。

「我在想——我是說——會不會弄錯了？因為沒有人召喚我和史瓜呀。是我們想要來這裡的。史瓜說我們要向——向某個人——召喚，那是個我不認識的名字，而某個人就會讓我們進去。我們就召喚了，然後就發現門是開著的了。」

「你們是無法召喚我的，除非我召喚你們。」獅子說。

「那你就是『某個人』嘍，先生？」姬兒說。

「是的。現在聽好你們的任務。在離這裡很遠的納尼亞，有位老國王，因為沒有親生骨肉繼承王位而哀傷。他沒有繼承人，是因為他的獨生子在多年以前被人拐走了，納尼亞沒有一個人知道王子去了哪裡，或者是不是還活著。但他的確是活著的。我給你們的使命是：你們得找出這位失蹤的王子，直到找到他，並且把他帶到他父王的宮中為止，除非你們在途中死亡，或是回到你們自己的世界裡。」

「請問要怎麼做呢？」姬兒問。

「我會告訴妳的，孩子，」獅子說，「以下是我在你們尋找過程中的幾點指引。第一，男孩尤斯提一踏上納尼亞的土地，就會遇到一個很好的老朋友。他必須立刻跟他打招呼，如果他打了招呼，你們兩人都會得到很大的幫助。第二，妳必須走出納尼亞，朝北方而去，一直走到古代巨人的廢城。第三，妳會在那座廢城裡找到一塊寫了字的石頭，而妳必須照著上面寫的去做。第四，憑以下的方式，妳會知道誰是那失蹤的王子（如果妳找到他的話）：他會是妳旅途中遇到的第一個要妳以我的名做事的人，而我就是亞斯藍。」

獅子似乎說完了，姬兒想她也應該要說些什麼，於是她說：「非常謝謝你，我明白了。」

「孩子，」亞斯藍說，他的聲音比他到目前為止所用的聲音都要溫柔，「也許妳並沒有妳以為的明白。不過第一步是要記住：照順序把我指引妳的那四件事重複一遍。」

姬兒試著說，但是沒有很正確，於是獅子就糾正她，要她一再重複，直到能夠正確無誤地說出來為止。他對這件事非常有耐心，因此等這事做完之後，姬兒就鼓起勇氣問：

「請告訴我，我要怎麼去到納尼亞呢？」

「靠我吹的氣，」獅子說，「我會把妳吹到世界的西邊，就像我吹尤斯提過去一樣。」

「我要及時趕上他，告訴他第一件指引他的事嗎？不過我猜沒有關係。如果他看到一個老朋友，他一定會過去和他說話的，不是嗎？」

「妳沒有時間了，」獅子說。「這也是為什麼我必須立刻把妳送過去的原因。來吧。妳走在我前面，往懸崖邊緣走去。」

姬兒記得非常清楚，如果她沒有時間，那是她自己的錯。「要是我不那麼蠢的話，我和史瓜就會一起走了，而他就會和我一起聽到所有的指示了。」她想。於是她就照做。走回懸崖邊是很嚇人的事，尤其獅子又沒有陪著她一起走，而是走在她後面——他柔軟的腳掌踩著地，不發一點聲音。

但是早在她走近邊緣之前，她身後的聲音就說了：「站穩了。再過一會兒我就要吹氣了。但是首先，要記住、記住、記住那些事情。妳每天早上醒來、夜裡躺下、半夜醒來時都要把這些事唸一遍。不管有什麼奇怪的事發生，妳都不能不去遵照這些指示行事。其次呢，我要警告妳一件事。在這座山上我很清楚明白地對妳說話，在下頭的納尼亞，我是不常做這種事的。在山上這裡，空氣很清爽，妳的心思也是清明的，但是妳下到納尼亞了以後，那裡的空氣會變濃濁。妳千萬要留意，別讓那裡的空氣混淆了妳的心。而妳在這裡得知的那些指示，當妳在那裡的時候，會和妳以為的有些出入。所以要牢牢記住它們，不要在意外表的模樣，這是非常重要的。要記住我的指示，相信它們。其他的都不重要。好啦，夏娃的女兒，再會了！」

他的聲音說到後來已經越來越輕柔，現在更是完全消失了。姬兒看了看身後，讓她驚訝的是，她發現懸崖已經距她有一百碼以上的距離，獅子也只是懸崖邊上一粒金色的小點了。她先前已經咬緊牙、握緊拳頭，準備面對獅子狂猛的吐氣，沒想到他吹的氣十分輕柔，她連自己是什麼時候離開了懸崖頂都沒注意到。此刻她下方千萬呎除了空氣外什麼也沒有。

她害怕的時間只有一秒鐘，一個理由是她下方的世界實在太遙遠了，似乎和她沒有一點關係；另一個理由是，飄浮在獅子吐的氣上簡直舒服得不得了。她發現可以仰躺或是趴著或是隨她高興地扭向任何方向，就像你在水裡一樣（如果你會浮在水裡的話）。由於她是和獅子呼出來的氣用同樣速度在移動，所以她感受不到風，空氣也似乎溫暖宜人。這一點也不像是坐飛機，因為四周既沒有聲音，她也感覺不到震動。如果姬兒曾經待在氣球裡，她也許會認為這情形很像在氣球裡，只是還要更舒服。

這時候她往回看，這才頭一次見識到自己離開的這座山的真正大小。她很納悶，不知道為什麼這麼一座高大的山卻沒有覆蓋著白雪——「我猜這一類的事在這個世界裡全都是不一樣的吧！」姬兒心想。然後她往下方看去，但是她所在的地方太高了，使她分不清自己是飄浮在地面上方或海面上空，也不清楚她的速度有多快。

「哎呀！那些指示！」姬兒突然說，「我最好再重複一遍。」她驚慌了一、兩秒鐘，不過她發現自己仍然能夠正確地唸出來。「那就沒關係了。」她說完就滿足地嘆了口氣，往後一靠，彷彿空氣是沙發椅。

「咦，真是的，」幾個小時之後，姬兒自言自語道，「我睡著了呢。想想看，在空中睡覺耶，不曉得有沒有人做過這種事。我猜沒有人做過。噢，討厭——史瓜可能做過了！他已走過同樣的旅程，只比我早一點。我們來看看下頭是什麼樣子。」

下頭看起來像是一片深藍色的廣闊平原，看不到山丘，卻有相當大的白色東西緩緩移動。「那些一定是雲，」她想，「不過比我們從懸崖上看到的要大得多。我猜它們比較大的原因是距離它們比較近了吧。我一定是越來越低了。這個太陽真討厭！」

在她旅程開始時高掛在她頭頂上方的太陽，這時候已經照到她眼睛，這表示太陽已經在她前方漸漸下沉了。史瓜說姬兒（我們不知道一般的女孩子是怎麼樣的）對羅盤的刻度沒有什麼概念，這話倒是挺正確。不然當太陽一照到她的眼睛，她就會知道自己幾乎是朝著正西方前進的。

她望著下方藍色的平原，隨即注意到平原各處都有些比較亮而且比較淡的小點。「是大海呢！」姬兒心想，「我相信那些是海裡的島。」果然，要是她知道那些島中有一些是史瓜曾在一艘船的甲板上看到過，甚至還上去過的，她或許還會嫉妒萬分呢，不過她並不知道這件事。後來她又看到在那平坦的藍色上有些小小的波紋，如果你置身其中，就會知道這些小波紋必定是很大的海浪。這時候，海平面上出現一條粗黑的線，迅速地變得更粗更黑，你幾乎是看著它在變大呢。由此，她頭一次體會到自己的飛行速度有多麼快了。她知道這條越來越粗的線必定就是土地。

突然，她左邊（因為風在南邊）有一大片白雲朝她撲過來，這次這片雲是和她同樣的高度。她還不知道自己身在何處呢，自己已經進到那一團又冷又濕的茫茫白霧中。她屏住了氣，不過她只在雲裡一下子，就出了雲層，耀眼的陽光使她眨著眼睛，而她也發現她的衣服全濕了。（她身上穿著毛線衣和運動外套，以及短褲長襪和很厚的鞋子，之前她在英格蘭的那天是個陰濕的日子。）從雲裡出來時的高度要比她進到雲裡的時候低。她一出了雲朵，就注意到一件事，我猜這也是她一直在盼著的事，那就是「聲音」。在此之前，她一直是在完全的寂靜中飛行，而現在她頭一次聽到海浪聲和海鷗的叫聲。現在她也聞到海的氣味了。如今她的飛行速度毫無疑問，她看到兩道浪「啪」的一聲撞擊在一起，兩者之間噴出白沫，但是在一百碼之前她是根本看不到這些的。

陸地正以很快的速度越來越近。她可以看到深入內陸的山脈，以及在她左邊一些較近的山丘。她可以看到海灣和海岬、樹林和田野，以及一道道的沙灘。海浪拍岸的聲音每秒鐘都變得更大聲，將大海其他的聲音全數淹沒。

突然間，陸地在她正前方展開，她飛到一條河的河口，此刻她已經很低了，只在水面上幾呎的高度。一個浪頭打到她的腳，接著是好大的浪花沖上來，把她到腰際的身體幾乎都打濕了。現在她的速度放慢了，沒辦法飛在河面上，反而是朝著她左邊的河岸上滑翔。由於身旁有太多事情要注意，她一時間無法全部都顧到，只見這裡有一片平滑的綠色草坪、一艘色彩鮮豔得像是一件巨大的珠寶的船、高塔和城垛，還有在空中飄揚的旗幟、有群眾、鮮豔活潑的服裝、甲冑、黃金、刀劍，還有音樂聲，不過這些全都混雜在一起。她清楚知道的第一件事是她已經降落在陸地上，正站在靠河邊的樹叢下，幾呎之外就是史瓜。

她頭一個念頭是：「他看起來多麼骯髒、邋遢，又不起眼呀！」第二個念頭是：「我怎麼這麼濕呀！」

3
國王出航

你可以看出他也非常老，身體又虛弱，
似乎一陣風就能把他吹不見，而且還眼淚汪汪的。

史瓜看起來會那麼骯髒（姬兒也是一樣，如果她能看到自己的話），原因是周遭太富麗堂皇了。我最好馬上形容一下吧。

姬兒飛進這片陸地時看到內陸的山脈，這時陽光從山脈的缺口灑下，照在一片平坦的草坪上。這片草地的另一邊矗立一座有許多塔樓、許多角樓的城堡，城堡上的風標在陽光下閃耀，姬兒從沒有看過這麼美麗的城堡。草地的這一邊是座白色大理石的碼頭，碼頭上停泊著一艘船，船身很高，深紅色鍍金的艏樓和桅樓也很高，桅頂掛著一面好大的旗，甲板上也有許多旗幟飄揚，船舷還有一排像銀器一般閃亮的盾牌。踏板搭在船上，踏板下方站著一位年紀很大的老人，正準備上船。他披著華麗的紅色斗篷，斗篷前方是打開來的，可以看到他的銀色鎖子甲。他的頭上戴著一頂細細的金頭圈，那白得像是羊毛的鬍子幾乎垂到腰間。他站得還算直，一隻手搭在一個衣著華美的貴族肩上，這位貴族似乎是比他年輕，但是你可以看出他也非常老，身體又虛弱，似乎一陣風就能把他吹不見，而且還眼淚汪汪的。

國王在上船之前轉過身去對他的人民致詞，而就在他的正前方有一把裝了輪子的小椅子，還有一頭拉車的小驢子，這頭驢子比一隻大獵犬大不了多少。小椅子上坐了一個胖矮人。他的衣著和國王一樣華麗，可是因為胖，又因為他躬著背坐在靠墊當中，就造成很不一樣的效果，使他看起來像一團說不出什麼形狀，混雜著毛、絲綢或者天鵝絨的東西。他的年紀和國王一樣老，不過目光犀利，更為健壯、有精神，他那個沒有戴帽子的大光頭，在夕陽下像顆巨大的撞球般發亮。

再往後圍成半圓形的，姬兒一看就知道那是朝臣，單是他們的衣著和甲冑就相當值得一看了，這使得他們看起來不像是群眾，反而更像是座花壇。不過真正讓姬兒張大了眼睛和嘴巴的，卻是人民本身，如果「人民」這個詞是恰當的話。因為他們當中差不多每五個裡面才有一個是人類。其餘的是你從來沒有在我們這個世界裡看過的怪物：人羊、半人半神的賽特爾、人馬等，姬兒看過他們的圖畫，所以還能認得出來。矮人她也可以認出來。還有很多動物她也知道：熊啊、獾啊、鼴鼠、花豹、老鼠和各種不同的鳥類。可是牠們和在英格蘭叫同樣名字的動物卻又是非常不一樣。有些要更大——比方說，老鼠，牠們能用兩條後腿站立，身高有兩呎以上。可是除了這一點以外，牠們全都看起來很不同。你可以從牠們臉上的表情看出牠們跟你我一樣能說話，能思考。

「天哪！」姬兒心想，「這麼說來，這是真的嘍！」但是下一刻她又想，「不曉得牠們友善不？」因為她剛剛注意到，在人群的外圍有一、兩個巨人和一些她根本不知道叫什麼東西的人。

就在這時候，亞斯藍和那些指示湧進她心裡，這半個小時以來，她忘得一乾二淨！

「史瓜！」她低聲說著，一把抓住他的手臂，「史瓜，快！你有沒有看到你認識的人？」

「噢，妳又出現了，是吧？」史瓜不悅地說（他說這話是有他的道理的）。「安靜點好嗎？我要聽他們說話。」

「別傻了，」姬兒說，「時間一刻也不能浪費。你在這裡沒有看到老朋友嗎？因為你必須馬上去跟他說話才行！」

「妳在說什麼呀？」史瓜說。

「亞斯藍——那頭獅子——說你必須去，」姬兒絕望地說，「我已經見到他了。」

「噢，妳看到他了，是嗎？他說什麼？」

「他說你在納尼亞看到的第一個人會是位老朋友，你得立刻跟他說話。」

「啊呀，這裡沒有一個我這輩子看過的人，況且我也不知道這裡是不是納尼亞。」

「你不是說你從前來過這裡嗎？」姬兒說。

「妳不是說我亂講嗎？」

「嘿，好哇！你告訴我說——」

「拜託妳閉上嘴巴，我們聽聽他們說些什麼吧！」

國王正對矮人說話，但是姬兒卻聽不到他說什麼。就她所看到的情形，矮人沒有答話，只是不斷地點頭又搖頭。接著國王抬高聲音，對全體朝臣說話，不過他的聲音蒼老沙啞，所以她只能聽得懂一點點他的話——尤其他的話裡全都提到一些她從沒有聽過的人和地方。

話說完之後，國王彎下身親吻矮人兩邊的面頰，再站直身體，舉起右手像在祝福，再緩緩邁著孱弱的腳步，走上踏板，上了這艘船。朝臣們似乎深深為他的離去感傷，他們掏出手帕，各處都傳來低泣聲。踏板收回去，舵樓上吹起了號聲，大船便駛離了碼頭。（大船被一艘划動的小船拖離碼頭，不過姬兒沒有看見。）

「好啦！」史瓜才開口說話，就說不下去了，因為就在這時候，一個很大的白色東西——姬兒有一秒鐘的時間以為它是個風箏——從空中滑翔而下，落在他腳下。原來那是隻白色的貓頭鷹，不過牠很大，站起來有一個大個子的矮人那麼高。

牠瞇著眼睛看，有點像是近視眼的樣子，然後微微偏著頭，用一種柔和的嗚嗚叫聲說起話來了：

「吐呼！吐呼！你們兩個人是什麼人？」

「我姓史瓜，她姓波爾，」尤斯提說，「請問你可以告訴我們這裡是哪裡嗎？」

「這裡是納尼亞國，國王的凱爾帕拉瓦皇宮。」

「就是才剛剛上船的那位國王嗎？」

「沒錯，沒錯，」貓頭鷹哀傷地說，一邊還搖晃著牠的大腦袋。「可是你們是什麼人呢？你們兩個有股魔法的味道。我看到你們來，你們是『飛』來的。其他人都忙著為國王送行，所以沒有人知道，除了我以外。我剛好注意到你們，你們會飛。」

「是亞斯藍送我們來這裡的。」尤斯提壓低了聲音道。

「吐呼！吐呼！」貓頭鷹說著，振了振羽毛。「這實在太教我承受不住了，現在才傍晚。我要等到太陽下山了以後才比較清醒。」

「他派我們尋找失蹤的王子。」姬兒說，她一直急著想加入談話。

「我頭一次聽到這件事，」尤斯提說，「什麼王子？」

「你們最好馬上去同攝政大人談談，」貓頭鷹說，「那就是他，坐在驢車裡的那位，矮人川卜金。」這隻大鳥轉過身領路，一邊還喃喃自語：「吐呼！吐呼！多麼混亂啊！我現在還不能思考，時間太早了。」

「國王叫什麼名字呀？」尤斯提問道。

「賈思潘十世。」貓頭鷹說。姬兒不知道為什麼尤斯提突然停下腳步，臉色變得很奇怪。她心想，她從沒有看過他對任何事會有這麼不舒服的表情。但是她還來不及問任何問題，他們已經到了矮人面前。矮人正收起驢身上的韁繩，打算駕車回城堡。群集的朝臣也四散開來，三三兩兩往同一個方向走，就像看完比賽或運動後散場的人群一樣。

「吐呼！啊哼！攝政大人。」貓頭鷹說著，微微彎下身，把牠的嘴湊近矮人的耳邊。

「嘿？那是什麼呀？」矮人說。

「大人，是兩個外地人。」貓頭鷹說。

「『歪底人』？你說的是什麼意思？」矮人說，「我看到的是兩個髒兮兮的人類孩子。他們要做什麼哪？」

「我叫姬兒。」姬兒說著往前進。她急著想要解釋兩人來到這裡的重要使命。

「女孩子名叫姬兒。」貓頭鷹盡量大聲說。

「什麼？」矮人說，「『女孩子們命將盡』？我一個字也不相信。什麼女孩子？誰要了她們的命？」

「只有一個女孩，大人哪，」貓頭鷹說，「她名字叫姬兒。」

「快說，快說，」矮人說，「別光站在那裡嘰哩呱啦的在我身邊說話。是誰被人要了命？」

「沒有人送命。」貓頭鷹嗚嗚說著。

「誰？」

「**沒有人**。」

「好吧，好吧。你也用不著叫喊。我還沒有那麼聾。那你跑來這裡跟我說沒有人送命是什麼意思？為什麼要有人送命？」

「你最好還是告訴他我是尤斯提。」史瓜說。

「男孩是尤斯提，大人。」貓頭鷹盡量大著聲音說。

「『不值一提』？」矮人不耐煩地說，「我敢說他的確是。那算是把他帶到王宮的理由嗎？呃？」

「不是『不值一提』，」貓頭鷹說，「是尤斯提。」

「『素油豬蹄』，是嗎？我真不知道你說些什麼呢。我告訴你吧，高林羽大人，在我還是年輕的矮人時候，這個國家的**能言**獸和**能言**鳥可是真正會說話的呢。那時候可沒這些嘰哩呱啦、嗚哩哇啦的事。這種事是連一刻都不會被容忍的，連一刻都不能的，先生。厄努斯，請把我的助聽器拿來——」

這段時間一直靜靜站在矮人手邊的一隻小人羊，遞給他一個銀質的喇叭形助聽器。它的外觀像是一種叫做「蛇形管」的樂器，彎管繞著矮人的頸子。矮人在安放助聽器的時候，貓頭鷹高林羽突然低聲對兩個孩子說：

「我的腦子現在清楚些了。不要提到失蹤的王子。我以後再向你們解釋。那樣不行，不行的，吐呼！噢，**多麼**混亂呀！」

「好啦，」矮人說，「高林羽大人，如果你**有**什麼有道理的話要說，就請說吧。深呼吸，話不要說太快。」

雖然矮人突然一陣咳嗽，但是高林羽在孩子們的幫助下，仍然解釋說這兩位陌生人是亞斯藍派來拜訪納尼亞宮廷的。矮人很快就用一種新的眼光打量他們。

「獅子親自派來的喔？」他說，「是從——嗯——從世界之外——的那個地方來的，嗯？」

「是的，大人。」尤斯提對著助聽器的喇叭大喊。

「亞當的兒子和夏娃的女兒，喔？」矮人說。可是在實驗學校讀書的小孩是從沒有聽過亞當夏娃的，所以姬兒和尤斯提沒法回答，不過矮人似乎也沒有注意。

「呃，親愛的，」他先握一個人的手，再去握了另一個人的手，微微點頭示意。「非常歡迎兩位。如果我們的好國王——也就是我那可憐的主人——此刻不是正航向七島的話，他一定會很高興兩位的到臨。他就可以暫時重回年輕的時光了——但只是非常短暫。而現在呢，該吃晚餐啦。明天早晨你們再詳細地把事情告訴我吧。高林羽大人，你負責用最高貴的方式為他們安置寢室，給他們衣物等等。還有——高林羽——把耳朵靠過來——」

說到這裡，矮人就把嘴靠近貓頭鷹的頭，無疑是打算輕聲說話，不過他就和其他聾子一樣，對自己的聲音大小沒什麼判斷力，因此兩個孩子都聽到他的話了：「好好地讓他們兩個人梳洗乾淨。」

話說完，矮人碰了碰他的驢子，驢子就朝著城堡用一種不快不慢的步子前進（牠是頭肥胖的小東西），而人羊、貓頭鷹和兩個孩子用比較慢的速度跟著。太陽已經下山，空氣越來越涼爽。

他們走過草坪，然後穿過一處果園，來到凱爾帕拉瓦宮的北門，門是敞開著的。門裡面是一片長滿草的庭院。燈光已經從他們右手邊大廳的窗戶和正前方繁複的建築群中照射出來。貓頭鷹帶領他們走進這些建築物，並且召喚一位非常討人喜歡的人來侍候姬兒。她不比姬兒高多少，但卻更瘦，不過顯然已經是大人了，優雅得像柳樹一般，她的頭髮也像是柳絲般，她的頭髮裡似乎還有青苔呢。

她帶姬兒到一座角樓裡的一間圓形房間，房間裡有一個安在地板上的凹陷的浴缸，淺淺的壁爐裡燒著會發出香味的木頭，屋頂上吊著一盞用銀鍊子垂吊的油燈。窗子面向西邊，可以望見納尼亞奇特的大地，姬兒看到遠方山脈後面仍然有夕陽的餘暉。這情景使她渴望經歷更多的冒險，確定的是，冒險才要開始呢。

洗完澡、梳過頭髮，穿上為她擺放好的衣服後——這種衣服不單是穿起來舒服、看起來漂亮，聞起來也很香，當你走動時也不會發出窸窣聲——她本想再去那扇窗戶後面往外凝望，但是門上的拍打聲將她打斷了。

「請進。」姬兒說。史瓜走了進來，他也洗了澡，穿上華麗的納尼亞式衣服。但是他的表情看起來似乎不太高興。

「噢，原來妳在這裡，」他憤怒地說，跌坐進一張椅子上。「我找妳找了好久！」

「現在你找到了啊，」姬兒說，「我說呀，史瓜，這一切是不是都太精采太精采了，教人無法用言語形容呢？」她暫時把那些指示呀、失蹤王子的事呀全忘了。

「噢！那是妳的想法，是嗎？」史瓜說，停頓了一會兒後，他又說：「真希望我們沒有來。」

「為什麼呢？」

「我受不了，」史瓜說，「看到國王——賈思潘——變成那樣一個蹣跚的老頭子，那——那真怕人耶。」

「咦，那對你有什麼妨礙？」

「喔，妳不懂。啊！我想到了，妳根本沒辦法懂的。我沒有告訴妳，這個世界的時間和我們的世界是不同的。」

「這是什麼意思呢？」

「妳在這裡度過的時間不會占去我們那裡的時間。妳明白嗎？我是說，不管我們在這裡待多久，我們回到學校的時間仍然會是在我們離開那裡的那一刻——」

「那可就沒有什麼意思了——」

「噢，閉嘴！不要老是打岔嘛。而當妳回到英格蘭——回到我們的世界裡——妳就不知道這裡的時間是怎麼樣過的了。我們在英格蘭過一年，在納尼亞這裡卻可能是過了很久。皮芬家的人早跟我解釋過了，可是我卻像個傻瓜一樣，竟然忘了這件事了。現在看來，顯然從我上次來這裡到現在，已經過了大概七十年——七十個納尼亞年了。妳現在明白了吧？我回到這裡，卻發現賈思潘已經是個很老很老的人了。」

「那麼國王**是**你的老朋友嘍！」姬兒說。她突然有個驚恐的想法。

「我認為他是的，」史瓜可憐兮兮地說，「他是你能夠擁有的，最好最好的朋友。上次他才比我大幾歲，而現在看到那個白鬍子老人，想起賈思潘在我們攻下寂島的那個早晨，或是他和海蛇作戰的情形——噢，好可怕呀！這比回來發現他已經死了還要糟。」

「噢，閉嘴！」姬兒不耐煩地說，「這要比你以為的還要糟。我們錯過了第一個指示了。」史瓜當然不明白這句話，於是姬兒就告訴他，她和亞斯藍的談話，以及那四點指示，和交付給他們的找到失蹤王子的任務。

「所以啦，」她做個總結，「你真的看到一個老朋友了，就像亞斯藍所說的，而你應該立刻去跟他說話的。可是你沒有，所以每件事從一開始就不對勁了。」

「可是我怎麼知道？」史瓜說。

「要是我想要告訴你的時候，你肯聽我說，就不會有事了。」姬兒說。

「是呀，而如果妳在那個懸崖邊沒有做那些蠢事、幾乎害死我——沒錯，我說是『害死』——我們就會一起來到這裡，那我們兩個人都會知道該怎麼做了。」

「我猜他**的確是**你看到的第一個人吧？」姬兒說，「你一定早我好幾個小時來到這裡。你確定你沒有先看到其他任何人嗎？」

「我大概只比妳早一分鐘到這裡，」史瓜說，「他一定把妳吹得比較快，好補償失去的時間——妳害我們失去的時間。」

「別那麼差勁，史瓜。」姬兒說，「哇！那是什麼呀？」

原來是城堡的晚餐鐘聲響起，眼看快要大吵一頓，便被快樂地打斷了。這時候兩個人的胃口都好極了。

在城堡大廳中進餐是這兩個孩子見過最堂皇氣派的事了。雖然尤斯提從前也到過這個世界，但是他整個旅程都在海上，對於納尼亞人在自己土地上、自己家中的那些風光排場全都一無所知。

屋頂垂下許多旗幟，每道菜端上來都有號手和定音鼓樂奏起。菜餚有單是想到就會讓你流口水的湯，還有彩虹魚、鹿肉、孔雀肉和派，還有冰品、果凍、水果和堅果，更有各式各樣的酒和果汁。就連尤斯提也開心起來，並且承認這還「差不多」。正式的宴飲結束後，走上來一位盲詩人，開始吟唱起古老的柯爾王子、艾拉薇和馬兒噗哩的故事，這故事的名稱是《奇幻馬和傳說》，是訴說彼得在凱爾帕拉瓦宮當國王的黃金時代，發生在納尼亞、卡羅門和兩者之間的一段冒險故事。（我現在沒有時間說這個故事，不過它倒真是值得一聽呢。）

當他們拖著疲累的身子上樓，呵欠打個不停的時候，姬兒說：「我敢打賭我們今天晚上會睡得很好。」因為這可真是忙亂的一天。然而這句話正說明了人們對於自己即將面臨的事知道得有多麼少呢！

4

貓頭鷹大會

在我們的世界裡，

衰老的速度和你們世界裡的速度是不同的。

說來好笑，你越是想睡覺，你上床的時間就會拖得越久，尤其是還很幸福地在房裡有個壁爐的話。姬兒覺得非得先在爐火前坐一會兒，否則沒辦法開始更衣，而她一坐下去，就不想再站起來了。她對自己說了差不多五遍的「我必須要睡覺了」，這時窗上一陣輕敲的聲音嚇了她一跳。

她站了起來，拉開窗簾，起先除了漆黑一片外什麼也看不見，然後她嚇得後退，因為有個很大的東西猛地撞上窗子，把玻璃撞擊出聲音。她腦子裡出現一個讓人不愉快的念頭：「也許這個地方的飛蛾都很巨大呢？噁！」不過那個東西又回來了，而這一次她幾乎可以確定她看到一個鳥嘴，敲擊聲就是這個鳥嘴弄出來的。「好大的鳥哇！」姬兒心想。「會不會是一隻老鷹？」她可不想要有什麼東西來拜訪，即使是老鷹也不行，可是她還是打開窗子往外看。立刻，那東西在一陣嘈雜的振翅聲中落在窗台上站定，塞滿了整座窗子，使得姬兒只得後退，騰出空間給牠。牠就是那隻貓頭鷹。

「噓，不要說話！吐呼！吐呼！」貓頭鷹說，「不要發出聲音。好啦，你們兩個人對要去做的事是真心真意的嗎？」

「你是說，關於失蹤王子的事嗎？」姬兒說，「是的，我們非得如此不可。」因為她想起了獅子的聲音和他的臉，先前在大廳中宴飲和說故事之時，她幾乎把這些都忘掉了。

「那好！」貓頭鷹說，「那我們就沒時間浪費了。你們必須立刻離開這裡。我會去叫醒另外那個人類，然後再回來找妳。妳最好換下那身宮廷的衣服，穿上妳能上路的衣服。我馬上回來。吐呼！」牠不等回答就飛走了。

如果姬兒習慣於冒險，她或許會懷疑貓頭鷹的話，可是她根本沒有想到這件事，反而是想到半夜逃跑這種刺激的事，更是壓根兒忘了自己想睡覺這件事。她換回毛線衣和短褲——短褲皮帶上掛著一把童軍刀，或許會有用——再添一些頭髮像柳絲般的女孩放在房裡給她準備的東西。她挑了一件及膝的連兜帽斗篷（「如果下雨的話就派得上用場了。」她想），幾條手帕和一把梳子，然後坐下來等。

她快要睡著的時候，貓頭鷹回來了。

「我們準備好了。」他說。

「最好是你帶路，」姬兒說，「這些走道我還不清楚呢。」

「吐呼！」貓頭鷹說，「我們不走城堡，那樣行不通的。妳必須騎在我身上，我們用飛的。」

「噢！」姬兒張著嘴站著，不太欣賞這個主意。「我對你來說會不會太重了？」

「吐呼！吐呼！別傻了。我已經載過另外那個人了。現在就走吧！不過我們必須先把這盞燈熄了才行。」

燈火才剛熄，從窗子看出去的那片夜色立刻就變得沒那麼暗了——不再是黑色的，而是灰色。貓頭鷹背對房內站在窗台上，並且抬起兩隻翅膀。姬兒必須爬上牠那肥短的身體，把兩個膝蓋伸到牠翅膀下，緊緊抓住牠。牠的羽毛感覺溫暖又柔軟，但是她卻不知道該抱緊哪裡。「不知道史瓜對**他**這趟飛行有什麼感覺？」姬兒想道。她正這麼想著，他們已經以一個可怕的往下跳的動作離開了窗台，貓頭鷹的翅膀在她身邊發出拍動的聲音，濕涼的夜晚空氣也撲向她的臉。

天色比她以為的要亮，雖然天空陰暗，但是一團水濛濛的銀色光團卻顯示出月亮正躲在雲朵之上。在她下方的田野看起來是灰色的，樹木則是黑色。風不小，是一種騷亂的颼颼風聲，代表很快就會下雨了。

貓頭鷹轉了方向，因此城堡現在是在他們前方。沒有幾扇窗子透出光亮。他們飛過城堡的上方，朝北飛去，越過了河。這時空氣變冷了，姬兒可以從下方的河水看到貓頭鷹的倒影，不過他們很快就飛到河的北岸，飛在長滿林木的鄉野之上。

貓頭鷹突然咬住一個姬兒看不見的東西。

「噢，請不要這樣！」姬兒說，「不要那樣子晃動啦，你差一點就把我摔出去了呢。」

「對不起，」貓頭鷹說，「我只是在抓蝙蝠。沒有什麼東西要比一隻上好的小肥蝙蝠更能維持體力了。要不要我也抓一隻給妳？」

「謝謝，不用了。」姬兒打了個寒顫說。

他現在飛得比較低一些，這時有個黑乎乎的巨大東西迎面而來。姬兒只來得及看出那是座塔——那是座半毀了的高塔，上頭爬滿了常春藤，她才剛這麼想——就發現自己正躲開一扇窗子的拱形邊牆，好和貓頭鷹擠進結滿蛛網、爬滿常春藤的塔口，而從清新的暗夜進到暗黑的塔頂內部。塔頂裡有很重的霉味，她剛溜下貓頭鷹的背，就知道這裡相當擁擠（就像你通常總是會知道的那樣）。在黑暗中從四面八方傳來「吐呼！吐呼！」的聲音時，她就知道這裡擠滿了貓頭鷹。一個很不一樣的聲音說：「是妳嗎，波爾？」那時，她倒是鬆了一口氣。

「是你嗎，史瓜？」姬兒說。

「現在，」高林羽說，「我想我們全都在這裡了。我們來召開貓頭鷹大會吧！」

「吐呼！吐呼！沒錯。是應該的。」好幾個聲音說著。

「且慢！」史瓜的聲音說，「我想先說一件事。」

「說吧，說吧，說吧。」貓頭鷹群起說著。姬兒也說：「你先說吧。」

「我猜各位仁兄——我是說，貓頭鷹啦，」史瓜說，「我猜各位都知道，賈思潘十世年輕時曾經航行到世界的東邊盡頭，那次航行我是跟著他一起的，跟著他和老鼠老脾氣、垂尼安大人以及他們全體。我知道這話教人很難相信，但是在我們的世界裡，衰老的速度和你們世界裡的速度是不同的。我要說的是，我是國王的人，如果這場貓頭鷹大會是打算謀反國王，我可不要和它有任何關係。」

「吐呼，吐呼！我們也全都是國王的貓頭鷹啊。」貓頭鷹齊聲說。

「那這是怎麼一回事？」史瓜說。

「只是這樣的，」高林羽說，「如果攝政大人矮人川卜金知道你們要去尋找失蹤的王子，他是不會讓你們動身的。他會立刻把你們關起來。」

「天哪！」史瓜說，「你不會說川卜金是個叛徒吧？從前在海上我聽了很多關於他的事。賈思潘——我是說，王上——對他是絕對的信賴。」

「噢，不是的，」一個聲音說，「川卜金不是叛徒。只是有三十個以上的各類好手（武士、人馬、好心巨人等等）都先後出發去找失蹤的王子，但是沒有一個人回來過。最後，王上說他不要再讓所有最勇敢的納尼亞人，為了找尋他的兒子而遭受損失，所以現在不准任何人去。」

「可是他絕對會讓我們去的，」史瓜說，「只要他知道我是誰，以及是誰派我來的。」

「派我們兩個人來。」姬兒插嘴說道。

「是的，」高林羽說，「我想他會的，很有可能。但是現在王上不在，川卜金會堅持規定的。他非常忠貞，但完全不理會別人，性子又急躁。你永遠也沒法子讓他明白這次是可以通融的例外。」

「你或許認為他總會在意**我們**吧，因為我們是貓頭鷹，而每個人都知道貓頭鷹有多聰明，」另外有人說，「可是他太老了，所以他只會說：『你只是個小孩子，我還記得你還是顆蛋的時候哩。別想要教**我**事情喔，先生。哎呀呀！』」

這隻貓頭鷹學川卜金的聲音學得很像，四周響起一陣貓頭鷹的笑聲。這兩個孩子開始明白，納尼亞人對於川卜金的感覺就像學校裡的人對某個脾氣暴躁的老師的感覺，每個人都有一點怕他，每個人也都會開他的玩笑，但是沒有人會真的不喜歡他。

「王上要離開多久？」史瓜問。

「要是我們知道就好了！」高林羽說，「是這樣的，最近有人傳說看到亞斯藍本人在島上——大概是在泰瑞賓西亞吧，我想。所以王上就說他想在死前看看能不能再親眼見到亞斯藍，請教他該任命誰繼任國王。可是我們全都擔心，要是他沒有在泰瑞賓西亞遇到亞斯藍，他會再繼續往東走，去到七島和寂島，然後再過去。他從來沒有提過，但是我們都知道他從沒有忘記那次到世界盡頭的旅行。我相信他心裡是想要再去一次。」

「那在這裡等他回來也沒有用了？」姬兒說。

「是啊，沒什麼用，」貓頭鷹說，「噢，真是混亂！要是你們兩個人一開始就知道，立刻和他說話就好了！他就可以安排一切——說不定還會給你們一支軍隊，派軍隊跟著你們一起去找王子呢。」

姬兒對這句話沒有作聲，私下希望史瓜有風度一點，不要告訴所有的貓頭鷹錯失王子的原因。史瓜倒算有風度，或者說很接近了，因為他只低聲喃喃說道：「反正不是**我的**錯。」然後再大聲說道：

「很好。那麼我們得不靠軍隊去尋找王子。不過我還想要知道一件事情。如果你們聲稱貓頭鷹大會是這麼光明正大又無謀反的意圖，為什麼一定要這麼祕密地進行——半夜三更在一個廢墟裡舉行？」

「吐呼！吐呼！」好幾隻貓頭鷹叫著，「那我們應該在哪裡見面呢？除了夜晚，什麼時候大家可以見面呢？」

「是這樣的，」高林羽解釋著說，「納尼亞大多數人民的習慣都很不自然。他們白天做事，在炎熱的太陽光底下，（噁！）那時候是每個人都應該在睡覺的時候耶。於是到了晚上，他們就變得盲目又愚蠢，你根本從他們嘴裡問不出一個字。所以我們貓頭鷹就習慣在討論事情的時候，自己選個合理的時刻開會了。」

「我明白了。」史瓜說，「好啦，那我們就開始吧。告訴我們失蹤王子的事情吧。」於是就有一隻年老的貓頭鷹——但不是高林羽——說起這個故事來了。

事情是這樣的：大約在十多年前，賈思潘的兒子瑞里安還是位很年輕的騎士，在五月裡的一天早晨，他和母親——也就是王后——到納尼亞的北部騎馬。他們帶著許多隨從和貴婦，頭上都戴著新鮮樹葉做成的葉冠，身側掛著號角，但是他們沒有帶獵犬，因為他們只是在摘花玩耍，不是去打獵。

在天熱的時候，他們來到一處宜人的林間空地，那裡有新鮮的泉水從地裡湧出，於是他們在這裡下馬，吃吃喝喝，好不快活。過了一段時間，王后覺得睏了，他們就把斗篷鋪在長滿青草的土堤上，瑞里安王子就和其他人到離她遠一點的地方，免得他們的談笑聲吵醒她。

不久後，一條巨蛇從密林裡爬出來，咬了王后的手。所有人都聽到她的叫喊，並且立刻衝過去，瑞里安第一個衝到她身邊。他看到大蛇爬離，就抽出劍追趕牠。那條蛇又大又亮，身體綠得像毒藥的顏色，因此他能看得很清楚，可是牠一溜煙就回到密密的林子裡，王子無法對付牠。於是他回到母親身邊，發現所有人都忙著救她，只是他們全都白忙了一場，因為瑞里安望著母親的第一眼，就知道世界上沒有任何藥能救得了她了。她還有些氣息的時候，似乎努力地想要告訴他什麼，只是說不清楚，不管她想要說的是什麼，她沒有說完就死了。這時候離眾人聽到她叫喊，幾乎還不到十分鐘。

眾人將死去的王后抬回凱爾帕拉瓦宮，瑞里安和國王以及全納尼亞的人民痛失王后。她是一位偉大的女士，聰慧而且寬宏大量，個性也很開朗，賈思潘國王從世界的東邊盡頭將她帶回來，並且和她結了婚。人們都說她流的是星星的血液。王子對於母親的死耿耿於懷，之後他總是在納尼亞的北境騎著馬，搜尋那條惡毒的蛇，想要殺掉牠報仇。對這事沒有人有太多的評論，只是王子在這樣的遊蕩之後，總是一臉疲憊，心神恍惚的樣子。王后死後大約一個月的時候，有人說他們看到他變了，他的眼神像是一個看到幻覺幻象的人，而雖然他一整天在外頭，但他的馬卻沒有一點兒費力奔騰的樣子。在老朝臣中，他最主要的朋友是垂尼安大人，他在那次前往地球東邊的偉大旅行中擔任他父親的船長。

一天晚上，垂尼安對王子說：「殿下必須盡快放棄搜尋那條大蛇的事了。您對人可以復仇，但是對一個沒有腦子的畜生，那是沒法子復仇的。您這樣只會白白耗盡自己的體力。」王子回道：「我的大人，這七天當中我幾乎都忘了那條蛇了呢。」垂尼安問，如果是這樣的話，他為什麼要不斷地到北邊的森林裡呢。

「我的大人，」王子說，「我在那裡看到有史以來最為美麗的東西呢。」

「我的好王子呀，」垂尼安說，「不知您可否慨允我明天與您一塊兒騎馬出去，也讓我看看這樣美好的東西。」

「十分樂意。」瑞里安說。

第二天一大早，他們給馬上了鞍具，就快馬騎往北邊的樹林裡，並且在王后遇害的同一處泉水旁下馬。垂尼安覺得王子竟挑上這個地方徘徊，這真是奇怪。

他們就在那裡休息，一直到正午時分，垂尼安抬頭一看，看到一個他從沒有看過的美女，她站在泉水的北邊，一言不發，只是用手向王子招著，像是要他走過去。她個子很高，全身閃亮，穿著一件豔綠得像毒藥的衣服。王子盯著她瞧，活像個失魂落魄的人。但是這個女郎突然不見了，垂尼安不知道她到哪裡去了。於是兩人回到凱爾帕拉瓦宮。垂尼安心裡突然想到，這個閃亮的綠色女人很邪惡。

垂尼安非常疑惑，不知道該不該把這番冒險告訴國王，但是他很不願意告密，搬弄是非，所以他就忍住不說。但是後來他倒是恨不得自己說了。因為第二天王子就獨自騎馬出門。當天晚上他沒有回來，從那時候起，納尼亞境內或是鄰近地方也毫無他的一絲蹤跡，他的馬匹或是他的帽子或是他的斗篷或是任何東西再也沒有被人發現過。

滿心惱恨的垂尼安走到賈思潘面前說：「王上大人，快快把我這個大叛徒殺了吧，因為我的沉默害死了您的兒子。」他把事情經過告訴了國王。

賈思潘立刻拿了一把戰斧，衝向垂尼安，要殺了他，垂尼安定定站住，準備受死。但是賈思潘舉起斧頭後，突然把它丟開，大喊道：「我已經失去我的王后和兒子，我也要失去我的朋友嗎？」然後撲向垂尼安，抱住他，兩個人都哭了起來，於是他倆的友誼保住了。

這就是瑞里安的故事。故事說完後，姬兒說：「我敢打賭，那個女人一定就是那條蛇。」

「沒錯，沒錯，我們的想法和妳一樣。」貓頭鷹呼呼地說道。

「可是我們不認為她殺死了王子，」高林羽說，「因為沒有發現骨頭！」

「我們知道她沒有，」史瓜說，「亞斯藍告訴波爾說他仍然活著。」

「那樣還可能更糟，」最年長的貓頭鷹說，「那表示她用得到他，也表示她對納尼亞有重大的密謀。在很久很久以前，最早的時候，北方有一個白女巫把我們的國家冰封了一百年，我們認為她可能跟那些傢伙是一夥的。」

「好，」史瓜說，「我和波爾必須去找到這位王子，你們能幫我們嗎？」

「你們有沒有任何線索？」高林羽問。

「有，」史瓜說，「我們知道得往北走，必須到達一座巨人城的廢墟。」

這話引起很大的「吐呼」聲，還有貓頭鷹把身體重心從一腳換到另一腳，以及振翅的騷動聲，接著所有的貓頭鷹立刻開口說話。他們全都解釋說他們很抱歉，不能陪兩個孩子一起去尋找失蹤的王子。「你們喜歡白天趕路，我們喜歡晚上，」他們說，「那是不成的，不成的。」另外一、兩隻貓頭鷹又加了幾句話說，即使在這麼破敗的塔樓裡，現在也沒有他們剛開始開會時那麼暗，這場會議已經開太久了。事實上，光只是提到要前往巨人城遺蹟，似乎就已經澆熄這些貓頭鷹的興致了。

但是高林羽說：「如果他們要往那邊去——走進艾汀斯荒原——我們一定要帶他們去找沼澤族人，這種人可以幫上他們很大的忙。」

「沒錯，沒錯。」貓頭鷹齊聲說道。

「那就來吧，」高林羽說，「我載一個。誰要載另外一個？事情一定要今天晚上辦好。」

「我去，載到沼澤族人那裡。」另一隻貓頭鷹說。

「妳準備好了嗎？」高林羽對姬兒說。

「我想她睡著了呢。」史瓜說。

5

泥桿兒

只要我們不靠近他們任何人，只要他們沒有忘記和平的約定，
只要我們不被他們看見，那麼我們就有可能走到更遠的地方。

姬兒睡著了。從貓頭鷹大會一開始，她就拚命打呵欠，現在她已經睡著了。對於被叫醒，又發現自己躺在光禿禿的地板上，布滿灰塵的鐘樓裡，置身在全然的黑暗中，被貓頭鷹包圍著，她可是一點也不高興。一聽說他們必須騎在貓頭鷹背上飛到另外一個地方——那地方顯然不是睡覺的好地方——她可就更不高興了。

「噢，別這樣啦，波爾，打起精神來，」史瓜的聲音說，「畢竟這是一趟冒險之旅呀！」

「我煩死冒險之旅了！」姬兒惱火地說。

不過她還是同意爬上高林羽的背上，當他載著她飛進夜空，那出人意料的冷空氣倒使她完全清醒了（但只有一小段時間）。月亮已經消失，天空不見一顆星星。在她身後很遠的地方，可以看到離地很高處有一面亮著燈光的窗子，那無疑是凱爾帕拉瓦宮的一座高塔。這使她好想回到那個令人愉快的臥室，舒舒服服躺在床上，看著映照在牆上的爐火亮光。

她把兩隻手放到斗篷裡面，再緊緊把斗篷拉緊在身上。距離她不遠處的夜空中，她聽到兩人說話的聲音，真是太詭異了，原來史瓜和他騎的貓頭鷹在說著話呢。「他聽起來一點也不累呢。」姬兒想道。她不知道他曾經在這個世界裡從事過偉大的冒險，而納尼亞的空氣把他和賈思潘國王航行東方海洋時所獲得的氣力重新帶回到他身上了。

姬兒必須掐自己才能保持清醒，因為她知道如果在高林羽的背上睡著，很可能就會摔下來。兩隻貓頭鷹終於結束了飛行，她僵硬地從高林羽身上下來，發現自己站在平坦的地面。冷風正吹著，他們所在的地方似乎沒有樹木。「吐呼！吐呼！」高林羽叫著，「起來啦，泥桿兒！起來！我們有事找你，是獅子的事！」

有好長的時間，沒有人回答。接著遠處有一點黯淡的光出現，越來越近。還有個聲音跟著這個光而來。

「哎呀，貓頭鷹呀！」那個聲音說，「什麼事啊？王上駕崩了嗎？有敵人進犯納尼亞的土地了嗎？還是洪水？或是妖龍來了？」

光亮逼近他們之後，他們才看出光源是來自一盞大提燈。姬兒沒法子形容提燈的那個人，他手長腳長。兩隻貓頭鷹跟他說話，把一切解釋給他聽，但是她累得不想聽。她好不容易想清醒一些，卻發現他們已經在跟她道別了。但是她後來怎麼也想不起，只記得後來不知是早還是晚的時候，她和史瓜彎著身子進到一個很低的門口，然後（唉，謝天謝地！）就躺在一個又軟又溫暖的東西上面，還有個聲音說：

「好啦，我們頂多也只能做到這樣了。你們睡在這裡會覺得又冷、又硬、又潮濕，我也不會感到奇怪。就像我知道的，這裡就算沒有暴風雨或是洪水，或是帳篷小屋沒有倒下來壓了我們，都很有可能會睡不著。但是我們必須盡量湊合了！」但是話還沒說完，她已經睡著了。

兩個孩子第二天很晚起來，發現自己是睡在一個暗黑地方的草床上，乾爽又溫暖。光線從三角形的縫隙射進來。

「我們在哪裡呀？」姬兒問道。

「在一個沼澤族人的帳篷小屋裡。」尤斯提說。

「一個什麼？」

「一個沼澤族人。別問我那是什麼，昨天晚上也看不清楚他。我要起來了。

我們到外頭去找他吧。」

「穿著衣服睡覺起床的感覺好糟喔！」姬兒說著笑了起來。

「我還在想，用不著換衣服多棒呀！」尤斯提說。

「不用洗臉也很棒吧，我猜？」姬兒嘲諷地說。但是史瓜已經起來，打了個呵欠，把身子抖了抖，就鑽出帳篷小屋。姬兒也跟著做。

外頭的景象和他們前一天看到的納尼亞很不一樣。他們身處一片很大的平原上，平原被無數的水道切割成無數的小島。島上長滿了粗硬的草，島的邊緣是蘆葦和藺草。有時候還會有面積大約一畝的藺草地。一群群飛鳥在這片沙洲中不斷飛下來又飛上去，包括野鴨、鷸、小鷺、蒼鷺。你可以看到許多和他們昨夜睡的帳篷小屋一樣的東西四散各處，不過彼此距離都很遠，因為沼澤族的人喜歡保有隱私。

除了他們南邊和西邊幾哩外的森林邊緣，這裡看不見一棵樹。平坦的沼澤往東邊延伸到地平線上的低矮沙丘，從那個方向吹來的風含有刺鼻的鹹味，可以知道海在那後面。往北有低低的淺色山丘，有些地方還有岩石作為保護呢。其餘的地方就全是平坦的沼澤。若是在濕雨的夜裡，這裡會是個教人很沮喪的地方。但是在早晨的陽光下，清涼的風吹著，空氣中盡是鳥兒的叫聲，這裡的孤寂卻有些美好、清新、乾淨的味道。兩個孩子精神為之一振。

「那個什麼什麼去哪裡了？我想知道。」姬兒說。

「是沼澤族人，」史瓜說，似乎對於自己知道這個名詞頗感驕傲。「我猜——嘿，那個人一定是他！」他們兩人都看到他了，只見他背對他們坐著，在大約五十碼開外的地方釣魚呢。起先不容易看到他，因為他幾乎和沼澤同樣顏色，也因為他坐在那裡一動也不動。

「我想我們最好是過去同他說話。」姬兒說。史瓜點點頭。他們倆都覺得有一點緊張。

他們走近時，那人轉過頭來，露出一張面頰削瘦，又長又窄的臉孔，緊閉著的嘴、一個尖鼻子，沒有鬍子。他戴著一頂尖尖的高帽子，像是尖塔一樣，帽簷很寬。他的頭髮——如果那可以叫做頭髮的話——披散在他的大耳朵上，是綠灰色的，又平又直，看起來像是小小的蘆葦。他的表情很嚴肅，皮膚看起來是泥巴色，你可以立刻看出來他對生活的看法是很嚴肅的。

「早安呀，客人們，」他說，「不過我說『早安』的時候，並不代表今天就不會下雨、下雪、起霧或是打雷。你們大概是沒怎麼睡了，我敢說。」

「可是我們倒是睡著了呢，」姬兒說，「我們昨晚睡得很好。」

「啊，」這位沼澤族人搖頭說道，「我看得出你們是在逆境中還能樂觀的人。沒錯，你們的教養很好。是的，你們懂得平心靜氣地面對事情。」

「我們還不曉得你的名字呢。」史瓜說。

「我叫泥桿兒，不過你們忘了也沒關係，我可以隨時再告訴你們。」

孩子們各自在他左右兩邊坐了下來。他們現在看到他的手腳都很長，所以雖然他的身體不比侏儒大，但是他站起來的時候卻比大多數人都要高很多。他兩隻手的手指有像青蛙一樣的蹼，垂放在泥水裡的兩隻光腳丫也有蹼。他穿著寬鬆的土色衣服。

「我想抓幾條鰻魚燉來做我們的晚餐，」泥桿兒說，「不過如果我一條也抓不到，我也不會感到奇怪。而且就算我抓到了，你們大概也不會喜歡吃。」

「為什麼？」史瓜問。

「因為你們沒有理由會喜歡我們的食物呀，不過我相信你們會掩飾的。總而言之呢，趁我在抓鰻魚的時候，你們兩位不曉得可不可以生個火呢——試試無妨嘛！木柴在小屋後面。可能受潮了。你們可以在小屋裡點火，那我們全都會被煙燻了眼睛；不然你們也可以在屋外生火，那麼可能就會下起雨來，把火澆熄了。這是我的火絨箱，拿去吧。我猜你們不會使用吧？」

但是史瓜在上次冒險已經學會這類的事情了。這兩個孩子一起跑回小屋，找到了木柴，（木柴乾得很呢！）比平常還不費力地就生起火了。然後史瓜坐在火前看著，讓姬兒去到最近的水道中梳洗——不是很道地的梳洗。之後就是她看火，換他去梳洗。兩個人都覺得清爽了許多，但卻是非常餓。

很快地，沼澤人就加入他們。雖然他以為自己抓不到鰻魚，但是他還是抓了十幾條，還剝了皮，清洗過。他放了一個大鍋到火上，把火加大，就點上他的菸斗。沼澤族人抽的是一種很奇怪、沉甸甸的菸草（有人說他們把泥巴摻在菸草裡），孩子們注意到泥桿兒的菸斗冒出來的煙根本不是往上飄，而是從菸斗慢慢逸出，往下在地面散開，像是陣陣輕霧。煙的顏色很暗，讓史瓜忍不住咳了起來。

「好啦，」泥桿兒說，「這些鰻魚要煮上好久好久，你們很可能在還沒煮好的時候就昏過去了。我認識一個小女孩——不過我還是不要告訴你們那個故事吧，那會掃你們的興的，而我從來不會做這樣的事的。為了要你們不要想到飢餓，我們不如來談談我們的計畫吧。」

「好哇，好哇，」姬兒說，「你可不可以幫我們去找瑞里安王子？」

沼澤人嘟起嘴，兩頰更加凹陷到教人難以想像的地步。「哎呀，我不知道你們會不會說那是『幫助』，」他說，「我不知道有誰是真正可以『幫』得上忙。我們往北走是不太可能走得遠的，在一年裡的這個時候，冬天眼看就要來了，是不太可能的。看情況今年冬天會來得早。不過你們千萬不要讓這事洩了氣。路上有敵人、有高山、有河水要過，還會迷路，幾乎沒有食物，加上腳痛，所以我們很可能不會注意到天氣。就算我們走不遠，成不了什麼事，我們也不是三兩下就回得來的。」

兩個孩子都注意到他說的是「我們」，不是「你們」，所以他們同時驚喜地問：「你要跟我們一起去嗎？」

「噢，是啊，當然。去去也好，你知道。我想王上一旦出發到了外國土地以後，我們恐怕再也不會在納尼亞看到他了；而且他在離開前又咳得很嚴重。還有那川卜金，他身體狀況越來越差。而且在這個可怕的夏天乾旱過後，作物恐怕都會歉收。要是有敵人攻擊我們，我也不會感到奇怪。記住我的話！」

「那我們要怎麼開始呢？」史瓜說。

「噢，」沼澤人緩緩說道，「每一個去找瑞里安王子的人都從垂尼安大人看到那個姑娘的泉水那裡開始，他們多半是往北走。因為他們沒有一個人回來過，所以我們也不知道他們到底下落如何。」

「我們必須先找到一座破敗的巨人廢城才行，」姬兒說，「是亞斯藍說的。」

「必須先**找到**它嗎？」泥桿兒回答，「不准我們先去**找找看**嘍，我猜？」

「我就是這個意思呀，當然，」姬兒說，「然後，當我們找到的時候——」

「是呀，找到的時候！」泥桿兒冷冷說道。

「難道沒有任何人知道它在哪裡嗎？」史瓜問。

「我不知道**任何人**是怎麼樣，」泥桿兒說，「我也不會說我沒有聽過那個『廢城』。不過你倒是不要從泉水那裡開始。你們必須先經過艾汀斯荒原，要是有『廢城』的話，就會是在那裡。可是我往那個方向走過很遠，而我從來沒碰過什麼廢城，所以我不會騙你。」

「艾汀斯荒原在哪裡？」史瓜說。

「你往北方那邊看去，」泥桿兒說著，用他的菸斗指了指，「看到那些山丘和零星的山崖了嗎？那是艾汀斯荒原開始的地方。不過在那裡和我們之間有一條河，雪利波河，沒有橋，當然。」

「不過我想我們可以從淺灘涉水過河。」史瓜說。

「是**曾有人**涉水渡河。」沼澤人承認。

「也許我們可以在艾汀斯荒原遇見可以告訴我們路的人呢。」姬兒說。

「你說遇見人，話倒沒錯。」泥桿兒說。

「住在那裡的是什麼樣的人呢？」她問。

「我不能以他們的方式來說他們不好。」泥桿兒回答，「如果你們喜歡他們的方式的話。」

「是呀，可是他們**到底是**什麼呢？」姬兒追問，「這個國家有好多奇怪的人喔。我是說，他們是動物呢？或是鳥兒、矮人，或是什麼？」

沼澤人吹了一聲長長的口哨。「咻！」他說，「妳不知道嗎？我還以為貓頭鷹已經告訴你們了。他們是巨人呀。」

姬兒身子一縮。她從來就沒有喜歡過巨人，即使在書裡面，而她也只在一場惡夢裡遇見過一個巨人。然後她看到史瓜那張變綠了的臉，便想：「我打賭他比我更害怕。」這樣想就使她勇敢多了。

「很久以前國王告訴過我，」史瓜說，「——就是我跟他一起出海的那次——他說他曾經在戰爭中狠狠打敗過巨人族，還要他們向他進貢。」

「沒錯，」泥桿兒說，「他們和我們和平相處。只要我們待在雪利波河的這一邊，他們就不會為害我們。但是到他們那一邊，踏上了荒原——他們總還會有機會傷害我們。只要我們不靠近他們任何人，只要他們沒有忘記和平的約定，只要我們不被他們看見，那麼我們就有可能走到更遠的地方。」

「聽著！」史瓜說了，他突然發火了，就像人在被嚇了以後很容易會有的表現。「我不相信這整件事會有你說的一半糟！就像帳篷小屋裡的床並沒有那麼硬，或是木柴也沒有那麼濕一樣。如果這件事希望那麼渺茫，我不相信亞斯藍會派我們過來。」

他料想沼澤人一定會給他憤怒的回答，但是他只說：「就是這種精神呢，史瓜。就是要這樣子說話才行。表現出勇氣來。不過我們將會一起經歷許多艱難時刻，所以我們全都要很小心地克制我們的脾氣。吵架是沒有用的，你知道。不管怎麼說，別太早就開始吵架。我知道這種長途遠征通常都是這樣子**結束**的：事情還沒完，就你殺我砍。但是我們能盡量避免這種事——」

「好哇，如果你覺得此行這麼沒有希望，」史瓜打岔道，「我想你最好還是別去。我可以和波爾自己去，可以吧，波爾？」

「閉嘴，別討人厭，史瓜。」姬兒急忙說，她很怕沼澤人把他的話當真。

「別擔心，波爾，」泥桿兒說，「我會去，絕對會的。我不要放過一個像這樣的機會。這可以幫助我。他們都說——我是說，其他的族人都說——說我太浮躁了，說我的人生態度不夠嚴肅。他們只要說過一遍，就會說上上千遍。『泥桿兒呀，』他們說，『你這個人就是太輕狂、太興奮了。你一定得知道，生命不會是油煎青蛙和鰻魚派。你需要有東西讓你沉穩一些。我們這麼說是為了你好，泥桿兒。』他們是這麼說的。如今這件事正好可以派得上用途：在初冬時往北旅行，尋找一個可能不存在的王子，經過一座從沒有看過的廢城。如果這還不能讓一個人沉穩下來，我不知道還有什麼可以了。」他把兩隻像青蛙一樣的大手搓揉著，彷彿在提議一塊兒去參加宴會或是看啞劇。「現在呢，」他加上一句，「我們來看看那些鰻魚煮得怎麼樣了。」

菜端上來之後，竟是非常美味，孩子們各盛了兩次很多的分量。起先沼澤人還不相信他們是真的喜歡吃，等到他們實在吃得太多了，讓他不得不信了，後來他又說這食物可能會非常不適合他們。「沼澤族的食物可能是人類的毒藥喲，這我也不會感到奇怪的。」他說。飯後他們用鐵罐子喝茶（就像在馬路上工作的工人喝茶那樣），泥桿兒喝了好幾口一個黑色方瓶子裡的東西，他要孩子們喝一些，但是他們認為那很噁心。

這天其餘的時間，他們都在準備第二天一早出發的事。泥桿兒因為個子最高大，所以要背三張毯子，加上一塊大燻肉卷。姬兒要帶剩下的鰻魚、餅乾和火絨箱。史瓜要帶他和姬兒不穿的斗篷。史瓜（他和賈思潘一起航行東方時學了一些射箭術）拿著泥桿兒的二等弓，泥桿兒則帶著他最上等的弓，不過他說了，在颳著風、弓弦又潮、光線又差、手指又冰冷的情況下，他們兩人當中其中一人能射中東西的機率是一百比一。他和史瓜兩人都帶著劍，史瓜帶的是凱爾帕拉瓦宮在房間裡為他準備的劍——但是姬兒卻只能用她自己的小刀湊合了。他們本來會為這件事吵起架來，但是他們才剛要吵，沼澤人就搓著兩手說：「啊，看吧！我猜就是。冒險之行通常都會有這種事的。」這話教他倆都閉上嘴。

三個人早早就鑽進小屋裡睡覺，而這次兩個孩子可真是過了個很不好過的夜晚。那是因為泥桿兒說完「你們兩個人最好睡一下，不過我猜我們今天晚上誰也閉不成眼吧！」之後，立刻就發出連續不斷的如雷鼾聲睡去。等到姬兒好不容易終於睡著，她整晚都夢見路上的鑽土機和瀑布，還夢到自己坐著特快車穿過山洞。

6
北方荒地

他們走到一個地方，鄉間的景色改變了。
他們走到荒地的北方邊緣，往下俯視一片長而且陡的坡，
坡下面是一塊完全不同也比較陰森的地方。

第二天早晨大約九點鐘的時候，或許會有人看到三個孤寂的身影在雪利波河的淺灘和踏腳石上小心翼翼過河。河水淺而且嘈雜，當他們上了河北岸以後，姬兒連膝蓋以上都沒濕。前方大約五十碼的地方，地面漸漸升高，這裡是荒地的開始處，到處都是尖削的地形，多數是在山崖上。

「我猜那就是我們要走的路！」史瓜往左邊——也就是西邊——指著一條從荒地流向一座淺峽谷的溪流。但是沼澤人卻搖搖頭。

「巨人族主要是住在那座峽谷的一邊，」他說，「你可以說峽谷就像是他們的街道。我們最好直直往前走，雖然那樣子有點陡。」

他們找到一個可以往上爬的地方，於是在十分鐘之後，就站在坡頂上喘氣了。他們用渴望的眼神往納尼亞的山谷看過去，然後把臉轉向北邊。這片廣闊寂寞的荒地往前、往上延伸到他們目力所及的地方。他們左邊是更崎嶇的地面。姬兒心想那裡一定是巨人族峽谷的邊緣，所以不怎麼喜歡往那裡看去。然後他們便出發了。

這裡的地面緊實而且有彈性，很適合走路，而這一天也充滿了蒼茫的冬日陽光。他們越深入荒地，孤寂感就越深：你可以聽見黑頭鷗的叫聲，偶爾也會看到一隻鷹。早上過了一半的時候他們停下來休息，在一條小溪旁的小水潭裡喝水，姬兒開始覺得她或許會喜歡冒險了呢，她這麼說了出來。

「我們還沒有經歷任何冒險呢。」沼澤人說。

第一次停下來之後再走的路——就像學校上午下過課，或是搭火車旅行換了車之後——感覺再也不會和之前一樣。等他們再次上路，姬兒注意到峽谷布滿岩石的邊緣變得更靠近了，那些岩石也沒有之前那麼平坦，而是更陡峭的。事實上它們看起來像是一座座小石塔。它們的形狀多麼奇怪呀！

「我相信，」姬兒心想，「所有關於巨人的故事都可能是從這些怪石而來的呢。如果你在天色半黑的時候走過這裡，很容易就會以為這一堆堆的石頭就是巨人。你看看那一塊石頭！你幾乎可以把上頭那一團想像成一個腦袋。那顆腦袋對身體而言是太大了，但是就一個醜巨人來說倒是剛剛好。而那些像草叢的東西——我猜是石南和鳥窩吧——倒是很好的頭髮和鬍子呢。兩邊凸出來的東西還真像耳朵。那可是巨大得嚇人的耳朵，可是我敢說巨人的耳朵一定更大，就像大象的耳朵一樣，而——噢——噢——哇！」

她的血都凝結了。那個東西在動！那是真正的巨人呢！絕對沒錯的，她看到他轉頭，又望見他那兩頰鼓鼓，蠢笨的大臉。這些東西全都是巨人，不是岩石耶。他們大約有四、五十個，全都站成一排，顯然他們的腳踩著峽谷的底部，兩條手臂搭在峽谷邊緣上，就像人靠在牆上站著一樣——就像是懶人在一個晴朗的早晨，吃過早餐以後那樣站著。

「繼續往前直直走！」泥桿兒低聲說道，他也注意到他們了。「不要看他們。不管怎麼樣，千萬不要跑，否則他們立刻會來追我們。」

於是他們繼續走，假裝沒有看到巨人。這就像是走過一戶養了頭惡犬的人家大門口一樣，只是情況要更糟。這裡有好幾十個巨人，看起來既不生氣，也不親切，更不感興趣。你看不出他們是否看到這群旅人的跡象。

然後——咻咻——有個很重的東西從空中飛過來，「砰」的一聲，一塊大石頭落在他們前方二十步左右的地上，然後——「砰」的一聲——另一顆石頭落在他們後面二十呎的地方。

「他們是瞄準我們丟過來的嗎？」史瓜問道。

「不是。」泥桿兒說，「如果他們瞄準我們丟過來，我們還比較安全呢。他們是想要打那個——右邊那邊的石堆。不過他們打不中的啦，那裡很安全的，他們丟東西很不準。大多數晴朗的早晨，他們都會玩丟石頭的遊戲。這大概是他們腦袋唯一可以懂的遊戲了。」

這段時間真是嚇人。這排巨人的隊伍似乎永無止境，而他們又不停地丟石頭，有些石頭砸下來的地方非常近。除了真正的危險以外，光是看到他們的臉、聽到他們的聲音，就足以嚇到任何人。姬兒盡量不去看他們。

大約二十五分鐘以後，巨人們顯然起了一陣爭執。丟石頭的遊戲便告一段落，但是置身在爭吵中的巨人方圓一哩之內，可不是件快活的事。他們互相用二十個音節長，無意義的話，咒罵、嘲弄，又在憤怒中大發雷霆、胡言亂語、暴跳如雷，而每次他們一跳，就會像炸彈一樣撼動地面。他們用笨重而巨大的石槌互敲彼此腦袋，但是他們的腦袋瓜太硬了，石槌一敲反而彈開，然後敲人頭的巨人就丟下槌子，痛得哇哇大哭，因為槌子打到他自己的指頭了。可是他太笨了，所以一分鐘以後他又會去做完全一樣的事。到頭來這倒是件好事，因為過了一個鐘頭以後，所有的巨人都痛得坐下來放聲大哭。坐下去以後，他們的腦袋就到峽谷邊緣下面，於是就看不到他們了。但是即使他們已經離這裡一哩遠了，姬兒仍然能聽到他們像大娃娃一樣嚎啕大哭。

這天晚上他們露宿在光禿禿的荒地上，泥桿兒教孩子們背對背睡覺，以充分利用他們的毯子。（背靠背睡覺可以使彼此暖和，又可以用兩條毯子蓋著。）可是就算是這樣，仍然很冷，地面又硬又不平。沼澤人告訴他們說，如果他們想想再往北走會更冷，會感到好受些，但這話一點也不能讓他們開心。

他們在艾汀斯荒原上走了許多天，燻肉先留起來，主要吃的是尤斯提和沼澤人在荒地打的野鳥（牠們當然不是**能言**鳥啦）。姬兒挺羨慕尤斯提會射箭，他是在跟賈思潘國王航海時學會的。因為荒地上有無數的溪流，所以他們從不缺水。姬兒心想，書裡頭講到人們靠著狩獵維生的時候，從沒有告訴你給死鳥拔毛、清理是多麼耗時、又臭又混亂的事，也沒有告訴你那會使你的手指變得有多冰冷。不過很棒的是他們幾乎沒有遇到任何巨人。有一個巨人看到過他們，不過他只是呵呵大笑，就踩著沉甸甸的步子走開，做他自己的事了。

約莫第十天，他們走到一個地方，鄉間的景色改變了。他們走到荒地的北方邊緣，往下俯視一片長而且陡的坡，坡下面是一塊完全不同也比較陰森的地方。斜坡底是懸崖，懸崖再過去，是一片荒郊野外，有高山、有陰暗的峭壁、有深邃而狹窄得根本看不見裡面的山谷和峽谷，還有從回音谷傾瀉而下的深河。不用說，又是泥桿兒向他們指出更遠的山坡上有點點白雪的。

「如果往北的雪會更多，我也不會感到奇怪的。」他加上一句。

他們費了一些時間才走到斜坡下，然後他們從山崖頂端往下看，看到有一條河在他們下方，由西向東流。河兩岸都是高高的峭壁，河水青綠，不見陽光，有許多的急流和瀑布。河水的吼聲甚至連他們所站之處都被撼動了。

「這事情往好的方面來看呢，」泥桿兒說，「如果我們跌下山崖，摔斷了脖子，那麼我們就不會淹死在河裡啦。」

「**那**是怎麼回事啊？」突然間史瓜指著他們左邊的河上游說。他們看過去，竟看到一樣他們絕對料想不到的東西——一座橋。好壯觀的橋呀！那是一座巨大的單拱橋，從峽谷一邊的峭壁頂到另一邊的峭壁頂，跨越了峽谷，而橋的拱頂距離峭壁頂之高，就像是聖保羅大教堂的圓頂離地面那麼高。

「嘿，那一定是巨人的橋！」姬兒說。

「或是魔法師的橋吧，還比較可能哩，」泥梣兒說，「在這種地方我們必須要小心會有魔法。我認為這是個陷阱。我想當我們走到橋中央的時候，它就會化作一陣霧消失不見了。」

「噢，拜託，別那麼掃興好不好？」史瓜說，「為什麼它就不能是一座正常的橋？」

「你想我們見過的巨人裡誰有腦筋可以造出這種樣子的東西？」泥梣兒說。

「但是它說不定是別的巨人建造的呀！」姬兒說，「我的意思是，那些巨人是好幾百年以前的，而且比現代的那些巨人要聰明得多。它也可能是建造我們正在尋找的那座城市的人所建的。那樣就表示我們走的路是正確的了——通往古城的古橋！」

「這個想法真妙呢，波爾，」史瓜說，「一定是的。來吧。」

於是他們轉身走向橋。他們走到橋旁邊，看來橋的確是夠牢固的。每個單塊的石頭都有史前巨石柱那些石頭那麼大，而且必定都曾經由優秀的石匠切割，只不過現在有些碎裂和毀損的地方。橋的欄杆顯然曾有繁複的雕刻，至今有些痕跡仍然留存：崩壞的臉孔、各種巨人、牛頭人身怪、烏賊、蜈蚣、怒神的像。泥桿兒仍然不相信這座橋，不過他同意跟孩子們一起過橋。

往拱橋頂走上去的路又長又累人，許多地方的大石頭都已經掉落，在橋上留下破洞，你可以從這洞裡往下看到幾千呎下方河流的水沫。他們看到一隻鷹從他們下方飛過去。越往高走，氣溫也越低，風呼呼吹著，強到他們幾乎連腳都站不穩，似乎連橋都搖動了。

他們走到拱橋最頂處，就看到橋面下坡的對面，只見一條像是巨人走的路的遺跡往他們前方伸展出去，一直通到山脈之內。路上鋪石少了許多，而在剩下的鋪石之間是大片大片的野草。在這條古代的路上，有兩個像是正常成年人的身影，正騎馬朝他們過來。

「往前走，走向他們。」泥桿兒說，「你在這種地方遇見的任何人都可能是敵人，不過我們不能讓他們認為我們害怕。」

等到他們走下橋，來到草地上，那兩個陌生人已經很靠近了。其中一個是全身盔甲、頭盔的面甲也拉下的武士。他的甲冑和馬都是黑色，他的盾牌上沒有紋章，長矛上也沒有小旗子。另一個是騎著白馬的女郎，這匹馬太可愛了，使你想去親親牠的鼻子，拿顆方糖給牠吃。然而那位側騎著馬，穿著一身耀眼綠色的飄逸長裙的女郎，卻是更可愛呢。

「你們好呀，旅——人——們，」她用一種像是最甜美的鳥鳴聲喊道，「你們有些人走這蠻荒地嫌年輕了呢。」

「或許吧，女士。」泥桿兒表情僵硬，心存提防地說。

「我們正在尋找巨人的廢城。」姬兒說。

「廢城？」這位女郎說，「尋找這種地方可真怪呀。如果你們找到了，你們要怎麼辦呢？」

「我們必須——」姬兒才開口，就被泥桿兒打斷了。

「失禮啦，女士，可是我們不認識妳或妳的朋友——他可不多話呢，是吧？——妳也不認識我們。我們最好還是不要對陌生人提到自己的事吧，如果妳不介意的話。妳想天空是不是很快就會下雨呢？」

女郎笑了，她的笑聲是你想像得到的最豐富、最像是音樂的笑聲。「哎呀，孩子們，」她說，「你們這位嚮導可是個有智慧又謹慎的人哪。他語帶保留我不會怪他，不過我的事情倒是說說無妨的。我時常聽到巨人的城市『廢城』這個名字，可是從沒有遇到過一個可以告訴我怎麼去的人。這條路通往哈方城，那裡住著溫和的巨人。他們溫順、文雅、有腦筋、有禮貌的程度，就像艾汀斯荒原那些巨人愚蠢、凶暴、野蠻、粗鄙的程度一樣。你在哈方城不一定打聽得到廢城的消息，但是你絕對可以找到好的歇腳處和愉快的主人呢。你們能在那裡過冬，會是明智之舉，不然的話，最起碼也得住個幾天，放鬆身心。你們可以在那裡洗熱水澡、睡柔軟的床，享受溫暖明亮的火爐；而那些烤肉、糕餅、甜食和飲料，一天裡可以享用四次呢。」

「哇！」史瓜嘆道，「這可真好！想想看，又可以睡床上了呢！」

「是呀，能洗熱水澡，」姬兒說，「妳想他們會請我們住下嗎？我們又不認識他們，妳知道。」

「妳只要告訴他們，」女郎回答，「說『綠衣女士』要你們問候他們，並且派你們這兩個可愛的南方孩子去參加秋日祭。」

「噢，謝謝妳，非常感謝。」姬兒和史瓜說。

「但是，不管你們是哪一天到哈方城，千萬要注意，」女郎說，「你們到城門的時間不能太晚。因為他們在中午過後幾個小時就會關上城門，而他們的習慣是城門一旦上了門之後就再也不打開了，任憑你怎麼敲門都沒用。」

孩子們眼睛閃亮地又謝了她，而後她對他們揮揮手。沼澤人摘下他的尖帽，很不自然地鞠了個躬。於是那名沉默的武士和這位女郎再度策馬走上橋的坡路，馬蹄喀噠喀噠地響了一陣。

「噢，」泥桿兒說，「我倒很想知道**她**是從哪兒來，又要到哪兒去。她可不是你想得到會在巨人國的荒野上遇到的人，對吧？準沒好事，我敢保證。」

「噢，胡說！」史瓜說，「我認為她太棒了。而且想想那熱騰騰的飯菜和暖和的房間！我希望哈方城不會很遠。」

「我有同感，」姬兒說，「而她那身衣服是不是美極了？還有那匹馬！」

「還是一樣，」泥桿兒說，「我希望我們能夠多認識她一點。」

「我本來要問她的事，」姬兒說，「可是你不希望我們把我們的事告訴她，我怎麼能問呢？」

「對呀，」史瓜說，「而且你為什麼要那樣板著臉又不高興，你不喜歡他們嗎？」

「他們？」沼澤人說，「**他們**是誰？我只看到一個人呀。」

「你沒有看到那個武士嗎？」姬兒問。

「我看到一套甲冑，」泥桿兒說，「他為什麼不說話？」

「我猜他是害羞，」姬兒說，「或者他只想要看著她，聽她美妙的聲音。我相信如果我是他的話就會。」

「我在想，」泥桿兒說，「如果你掀起頭盔的面甲往裡面看，你會看到什麼？」

「可惡！」史瓜說，「你想想看甲冑的形狀嘛！那裡頭除了人以外**還可能**是什麼啊？」

「一具骷髏可以嗎？」沼澤人用一種陰森的快活口氣問。「或者，」他想了一下又加上一句，「裡頭空空如也。我是說，沒有你能看得見的東西。隱形人。」

「真是的，泥桿兒，」姬兒打個哆嗦說，「你的想法真是太可怕了。你是怎麼想到的？」

「噢，管他什麼想法！」史瓜說，「他總是往壞處想，也總是錯。我們還是想想那些溫和的巨人，盡快趕到哈方城吧！真希望我知道那裡有多遠。」

這時候他們幾乎頭一次起了泥桿兒預言過的那種爭執了：姬兒和史瓜之前不是沒有吵過許多次，但是這一次卻是第一次真正嚴重的意見分歧。泥桿兒根本不希望他們去哈方城，他說他不明白所謂的「溫和的巨人」是何種樣子，況且亞斯藍的指示當中也沒有提到要跟巨人住在一起，不管他們溫和還是不溫和。

另一方面，過膩了風吹雨打、用營火烤瘦骨嶙峋的野鳥、睡又硬又冷的地上這種日子的孩子們，卻打定主意非要前去拜訪那些「溫和的巨人」不可。最後，泥桿兒同意了，但是有一個條件：孩子們要保證，除非他准許，否則他們不可以告訴溫和的巨人說他們是從納尼亞來的，也不可以說他們正在尋找瑞里安王子。他們保證做到，於是他們繼續走下去。

和那位女郎談過話之後，有兩件事情變糟了。第一是鄉野的路越來越難走。這條路通過沒完沒了的狹窄山谷，走下山谷時，無情的北風總是迎面吹向他們。沒有木柴可以生火，也沒有小小的山坳讓他們紮營，不像之前在荒地上。而地面都是尖硬的石頭，白天讓你腳痛，晚上則讓你全身痠痛。

其次，不管那位女郎告訴他們哈方城的事是什麼居心，對孩子們造成的實際影響卻很不好。他們除了床鋪、熱水澡、熱騰騰的菜餚和能進到房子裡有多好之外，其他什麼也不想。現在他們再也不談亞斯藍，甚至連失蹤的王子也不提了。姬兒原本每天早晚要背誦那些指示的，現在這習慣也丟開了。最初她告訴自己，那是因為她太累了，但是很快地她就把這件事忘得一乾二淨。雖然你或許以為可以在哈方城快樂享受的念頭會使他們更開心，但實際上這卻使他們更覺得自己可憐，火氣更大，彼此和泥桿兒三人都很暴躁。

終於在一天下午他們來到峽谷開展出去的地方，這裡兩旁是高高的暗色樅樹林。他們往前看去，發現他們已經走出了山區，前面是一片荒涼而滿布石頭的平原，平原過去是更遠的山脈，山頂上積著白雪。但是在他們和遠山之間有一座低丘，低丘有個不太規則，略呈水平的山頂。

「你們看！你們看！」姬兒叫道，並且往那片平原指過去，而透過漸漸聚攏的暮色，他們每個人都看到那座平頂山丘後面有亮光。亮光呢！不是月光，不是火，而是一排讓人歡喜的住家那亮著燈的窗戶。如果你不曾日日夜夜待在荒野中一連好幾個星期，就不會了解他們的感覺。

「哈方城！」史瓜和姬兒用激動快活的口氣叫道，「哈方。」泥桿兒用陰沉的語氣也說著，但是他又加上一句：「哇！野雁呢！」於是一下子就把弓從肩上解下。他射下一隻肥雁。時間已經太晚了，不可能當天就走到哈方城。不過他們倒是吃了一頓熱騰騰的飯，還生了火，享受一個多星期以來最溫暖的夜晚。火熄之後，夜晚冷冽無比，他們第二天早晨醒來的時候，毯子都硬邦邦的結著霜呢！

「沒關係！」姬兒跺著腳說，「今天晚上就可以洗熱水澡啦！」

7
有奇怪壕溝的山丘

突然間她滑倒了，滑了大約五呎遠，

然後驚恐地發現自己正滑下一個又黑又窄的深坑裡，

而這道裂口似乎是才剛剛出現在她面前的。

半秒鐘後她就跌到了坑底……

不能否認，這真是惡劣的天氣。頭上是個沒有太陽的天空，那將降下雪的厚重雲朵使天色陰霾昏暗，腳下是黑色的結霜路面，在路面上方吹著的，是像要把你的皮都吹掉的風。他們走下平原後發現，這一部分的古道比他們所見過的都要殘破。他們必須在大塊碎裂的石頭上和圓石中間的瓦礫上小心踩著步子走，對於痠痛的雙腳來說，真是寸步難行。而且不管他們有多累，天氣都冷得讓他們不敢停下來休息。

大約十點鐘時，第一陣雪花悠悠飄下，落在姬兒手臂上。十分鐘後雪已經落得相當厚了。二十分鐘後，地面的白色已經十分醒目。半小時後，一陣穩定的風雪——頗有要持續一整天之勢——就已經迎向他們的臉孔，使他們幾乎看不見。

為了要明白之後發生之事，各位一定要記住他們能看到的有多麼少。當他們走近隔開他們和有燈光的窗戶出現的地方的那座低丘時，他們對它根本沒有完整的概念。最重要的事是要能看得到自己前方幾步遠的地方，而即使是要做到這一點，你都必須瞇起眼睛去看。不消說，他們都沒有說話。

他們走到低丘的山腳下，看到兩邊像是岩石的東西——如果你仔細看，就會知道那都是大致方正的岩石，不過沒有人仔細看。所有人在意的是在他們正前方擋住他們路的一道矮牆。這道牆高約四呎，有兩條長腿的沼澤人毫無困難地就跳到牆頭上，再幫另外兩個人爬上去。這件事對他們倆來說是件討厭而又濕答答的事，但對他卻不是，因為堆在牆頭上的雪已經很厚了。之後是一段艱難的崎嶇上坡路——姬兒還跌了一下——大約有一百碼，然後是第二道牆。一路上一共有四道這樣的牆，牆與牆間的距離不一。

當他們艱難地往第四道牆走去時，他們已經很確定現在到了平頂山丘的山頂了。因為到目前為止，山坡都給了他們一些遮蔽，而現在這裡的風是傾全力狂猛地吹向他們的。這座山，很奇怪的，山頂的平坦就和他們從遠處看時的平坦一樣，這是片平坦的台地，風雪橫掃而過，沒有任何阻礙。大多數地方根本連積雪也沒有，因為狂風不斷把落下的雪成片成團的捲起，朝他們臉上投過去。在他們腳邊還有雪花被吹得打轉，就像在冰上的情況一樣，的確，這裡許多地方幾乎像是冰一樣的平滑。更糟的是，這裡的地面上縱橫交錯著許多奇怪的土堤，而有時候會把地面分隔成正方形和長方形的部分。這些土堤，當然都得爬過去，它們的高度從兩呎到五呎不等，厚約幾碼。每道土堤的北面都有厚厚的雪堆，所以你每次爬下土堤都會踩進雪堆，把自己弄濕。

戴著雪帽低下頭、兩手在斗篷裡變得僵硬的姬兒奮力往前走，對這片可怕的台地上的其他怪東西看了幾眼——在她右邊一些模糊，看去像是工廠煙囪的東西，以及她左邊一座筆直得不正常的巨大山崖。不過她一點也沒有興趣，也不去多想。此刻她心中唯一想到的，是她冰冷的兩手（還有她的鼻子、下巴和耳朵），以及哈方城的熱水澡和床鋪。

突然間她滑倒了，滑了大約五呎遠，然後驚恐地發現自己正滑下一個又黑又窄的深坑裡，而這道裂口似乎是才剛剛出現在她面前的。半秒鐘後她就跌到了坑底。她似乎是在壕溝之類的地方，這裡的寬大約只有三呎。雖然這一摔嚇得她心神混亂，但是她注意到的第一件事卻是能躲開狂風多麼令人鬆一口氣！她注意到的第二件事，當然嘍，就是從洞口往下看著她的史瓜和泥桿兒的兩張焦急的臉。

「妳受傷了嗎，波爾？」史瓜大喊。

「兩條腿**都**跌斷了，我也不會感到意外。」泥桿兒也大叫。

姬兒站起來說沒事，不過他們必須救她出去。

「妳掉進去的是什麼地方啊？」史瓜問。

「像是壕溝，也可能是下陷的路之類的，」姬兒說，「它的路挺直的。」

「是呀，天哪！」史瓜說，「而且它還是朝正北方的呢！我在想，這是不是一種路？如果是的話，我們就可以下到那裡，避開這可怕的風了。下頭有沒有很多雪？」

「幾乎沒有雪。我猜風雪都在上頭吹。」

「再過去是怎麼樣？」

「等一下。我過去看一看。」姬兒說。她站起來，走在壕溝裡，但是她沒有走多遠，壕溝立刻右轉。她把這個情形用喊的告訴其他人。

「轉過去是什麼情形？」史瓜問。

偏偏姬兒對左彎右拐的走道和地底下暗處——甚至還不算是地下的地方——的感覺，就像史瓜對懸崖頂的感覺一樣。她不想獨自一人繞過那個轉角，尤其是當她聽到泥桿兒在她身後大叫：

「要小心哪，波爾。這裡就像是會通到妖龍洞穴的地方。而且在巨人的國家，這裡也很可能會有巨大的蚯蚓或是巨大的甲蟲。」

「我覺得它不像能通到什麼地方。」姬兒說著，急急跑回來。

「我可要去看一看，」史瓜說，「妳說『不像能通到什麼地方』是什麼意思？我倒想知道。」於是他先坐在壕溝邊緣（每個人現在都已經濕得不在乎再濕一些了），再往下跳，他推開姬兒走過去，雖然嘴裡沒說什麼，但她確信他知道她害怕。所以就緊跟著他，但也小心翼翼，不要走在他前面。

不過這番探險卻教人失望。他們繞過右邊的轉彎，往前直走了幾步，然後又要決定：是繼續直走呢，還是再往右轉？「這不行，」史瓜望著右轉的路說，「那會把我們帶回原地——往南。」於是他繼續往前，可是才走了幾步，他們又發現路往右轉，而這次卻沒有得選了，因為壕溝到了這裡就是死路了。

「不行的。」史瓜咕噥著說。姬兒一點時間也不浪費，掉頭領著他走回去了。他們走回姬兒最先掉下來的地方，沼澤人用他的長長手臂毫無困難地就把他們拉上去了。

但是再度回到山頂上真是可怕！在下頭那些窄窄的壕溝裡，他們的耳朵幾乎已經開始解凍，他們也能夠看得清楚，呼吸輕鬆，不用大聲喊叫也聽得見彼此說話。回到教人喪膽的寒冷中，真是悲慘至極。而泥桿兒偏又挑在這個時刻問話，也確實是殘忍。他說：

「妳那些指示還記得清楚嗎，波爾？我們現在該注意的是哪個呀？」

「噢，**拜託**！去他的鬼指示！」波爾說，「好像是誰提到亞斯藍的名字這類的吧，我猜。可是我才不要在這裡背出來哩。」

要知道，她把順序弄錯了。那是因為她不再每晚背誦那些指示的緣故。如果她肯去想一想，她仍然是記得的，只是她不再對她的功課那麼熟練，能夠隨時不假思索地背出來。泥桿兒的問話惹惱了她，因為她心底其實早已經氣自己沒能牢記獅子的叮囑，而她是應該熟記的。這種除了又冷又累的悲苦外又多添的惱怒使她說出「去他的鬼指示」的話，她或許並不是真有這個意思。

「噢，那是下一個，對不對？」泥桿兒說，「現在我可要想想，妳有沒有說對呀？一定是弄混了，我相信。我覺得呀，這座山，這個我們記著的平平的地方，很值得停下來看看呢。你們有沒有注意到──」

「噢，天哪！」史瓜說，「現在是停下來欣賞風景的時候嗎？看在老天的分上，我們還是繼續走吧。」

「噢，看，看，看！」姬兒叫道，並且指著。每個人都轉過頭去，每個人也都看到了。再往北去，在比他們站的這個台地還要高很多的地方，出現了連綴成一條線的點點燈光。而這一回比起前一天晚上這些旅人看到時還要明顯，它們是窗戶：小一點的窗讓人滿心甜蜜地想到臥室；大一點的窗子則讓人想到寬闊的廳堂，有烈火在壁爐裡熊熊燃燒，餐桌上有熱騰騰的湯或是冒著熱氣多汁的沙朗牛排。

「哈方城！」史瓜嘆道。

「這個不錯，」泥桿兒說，「但是我起先說的是──」

「噢，閉上嘴吧，」姬兒光火地說，「我們不能浪費一點時間。你不記得那位女士說他們很早就關城門了嗎？我們必須及時趕到那裡，非得這樣、非得這樣。如果我們在這樣的夜晚被關在城外，我們會**死掉**的。」

「噢，現在還算不上是真正的夜晚，還不算吧！」泥桿兒才開口，兩個孩子齊聲說：「走了啦！」就開始加快腳步在這濕滑的台地上跌跌撞撞走了。沼澤人跟著他們走，嘴裡仍然講個不停，但是因為他們再度迎著風前進，所以就算他們想要聽他說的是什麼也聽不到，況且他們也不想聽。他們想的是熱水澡、床鋪和熱湯，而太晚到哈方城會被關在城外的念頭，根本讓人無法忍受。

雖然他們匆匆趕路，但是仍然花了很多時間才走過山丘的平頂。而即使他們已經走完，到了另一邊的坡時，也還有幾道矮牆要翻過。他們終於還是到達山腳下，看清楚哈方城是什麼樣子了。

哈方城立在一座高高的山崖上，雖然有許多塔樓，但是卻不像城堡，倒像一幢大房子。顯然溫和的巨人們不用害怕敵人攻擊。外牆有些窗戶非常接近地面——在一座嚴陣以待的堡壘裡是不會有人這麼做的。城堡到處都有些零星的門呀窗呀，想要不從庭院進出城堡，非常容易。姬兒和史瓜精神為之一振。這使得整座城堡看起來友善得多，比較不嚇人。

起先這崖的高度和陡直讓他們很害怕，但是很快他們就注意到左邊有一條比較好走的路，這條路是盤旋而上，通向城堡的。和他們走過的旅程相比，這段上坡路真是可怕，姬兒幾乎要放棄。最後幾百碼史瓜和泥梏兒不得不扶著她。不過他們終於還是站在城堡大門前方，鐵閘門是拉上去的，城門也開著。

不管你有多累，走到巨人家門口還是得要有些膽子。雖然之前泥梏兒說了那麼多關於哈方城的警告，但這時候展現最大勇氣的人也是他。

「腳步要踩穩了，」他說，「不管你們做什麼，不要露出害怕的樣子。我們來這趟就已經是做了全世界最笨的事了，但是既然都到了這裡，我們不如放膽去做吧。」

說著他就大步走進了城門，而在回音可以把他聲音擴大的拱門下站住，放聲大喊：

「欸！守門的！我們是外地人，想到城堡找住宿地方！」

他一邊等著動靜，一邊摘下帽子，把積在寬帽簷上厚的雪拍掉。

「我說呀，」史瓜低聲對姬兒說，「他也許很掃人興，不過他還真有膽子——也夠冒失了！」

一扇門開了，露出一絲溫馨的爐火火光，守城門的人出現了。姬兒咬緊嘴唇，免得自己叫出聲來。他不是非常道地的巨人，也就是說，他比蘋果樹要高，但是卻沒有電線桿高。他有一頭又粗又硬的紅頭髮，穿著一件皮的長背心，背心上縫著金屬片，權充鎖子甲，膝蓋沒有遮蔽（毛茸茸的），腿上有像是綁腿的東西。他彎下身子，瞪大眼睛盯著泥桿兒。

「你算是哪種動物呀？」他說。

姬兒鼓足了勇氣。「請聽我說，」她大聲對著巨人喊，「『綠衣女士』要向『溫和巨人』國的國王致意，她派我們兩個南方的孩子和這位沼澤族人（他的名字叫泥桿兒）來參加你們的秋日祭——當然，如果這樣對你們而言不麻煩的話。」她又加上最後一句。

「噢——剬！」守門人說，「那就很不一樣了。進來吧，小人兒，進來。你們最好是進到門房裡，讓我把話傳給陛下。」他用充滿好奇心的表情看著孩子們。「藍臉呢！」他說，「我還不知道他們是那種顏色呢。我自己是無所謂啦，不過我敢說你們互相看起來倒是挺好的。人家說的，同類看同類，看得真欣慰。」

「我們的臉是凍成藍色的，」姬兒說，「我們**其實**不是這種顏色。」

「那就進來暖和一下。進來吧，小東西。」看門人說。他們跟著他走進門房。雖然聽到這麼大一扇門在他們身後砰地關上是件挺恐怖的事，但是他們看到從昨天晚餐後就一直渴望有的東西——一團熊熊烈火，立刻就忘得一乾二淨了。這是多麼棒的火呀！看起來像是有四、五棵樹木在燃燒一樣，而且溫度高到他們無法靠近它旁邊幾碼的地方。不過他們全都撲通一聲倒在能夠忍受熱度的最近距離的磚造地面，重重嘆了一口解脫了的氣。

「現在呀，小子，」看門人對著一直坐在房子後面盯著來客瞧，直到他的眼睛幾乎都迸出腦袋為止的另一個巨人說，「你把這個口信帶到王宮裡，快去。」他把姬兒告訴他的話重複說給那人聽。年輕的巨人又瞪了最後一眼，露了個大大的傻笑，才離開房間。

「好啦，青蛙人，」守門人對泥桿兒說，「你看起來像是需要開心一下呢。」他拿出一個黑色瓶子，這瓶子很像泥桿兒的，只是要大上二十倍。「我想想想看，我想想看，」守門人說，「我不能給你杯子，你會把自己淹死。我想想看。這個鹽罐子就對了。你不用跟皇室的人提到。」

這個鹽罐和我們的鹽罐不太一樣，它比較窄也更直，當巨人把它放在泥桿兒身旁的地上時，看起來還挺適合他呢！

孩子們以為泥桿兒會因為不信任那些溫和巨人而拒絕他，不料他卻喃喃說道：「我們既然已經進來，門也關上了，現在要想防也來不及了。」然後他聞了聞酒液。「聞起來沒事，」他說，「不過這也不能判斷，最好還是確定一下。」於是他喝了一小口。「嚐起來也還好呢，」他說，「可是**第一口**可能都還好，繼續喝下去是怎麼樣呢？」他又大大喝了一口。「啊！」他說，「可是一直喝下去都一樣嗎？」於是又喝了一口。「我敢說喝到最後一定會很糟糕的。」他說，把整罐都喝完了。他舔舔嘴唇，對孩子們說：「這就是個測試，你知道。如果我身子捲起來，或是炸開來，或是變成一隻蜥蜴之類的，你們就知道不可以收受他們給的任何東西了。」

但是巨人太高大，所以聽不到泥桿兒壓低聲音說的話，他發出陰陰的笑聲說：「嘿，青蛙人哪，你是個人嘛。你看他會吃喝嘛！」

「我不是人……是沼澤人，」泥桿兒用多少有些含混的聲音回答，「我也不是青蛙，是沼澤人。」

這時候他們身後的門開了，較年輕的巨人邊走進來邊說：「他們要立刻前去正廳。」

孩子們站起來，但泥桿兒仍然笑著，並且說：「沼澤人、沼澤人。可敬的沼澤人。可敬的沼澤人。」

「小夥子，帶路吧，」守門巨人說，「你最好帶著青蛙人一起。他喝過量了。」

「我沒事，」泥桿兒說，「我不是青蛙。我沒有青蛙。我是個正經的——沼澤。」

但是年輕的巨人一把抓起他的腰，並示意孩子們跟著。他們就這麼毫無尊貴可言地走過庭院。被抓在巨人手裡還在空中亂踢的泥桿兒，這會兒還真像隻青蛙呢。但是他們沒什麼時間注意到這件事，因為他們很快就走進主要城堡的巨大正門——他們倆的心跳都比平常跳得更快——為了趕上巨人的腳步，他們用小跑步啪噠啪噠走著，走過好幾個走廊之後，他們在一間巨大房間的燈光下眨著眼睛，房間裡燈火通明，爐火熊熊燃燒，爐火和燈光都被屋頂和沿牆嵌線上的鍍金反射後更加耀眼。多得他們數不清的巨人站在他們的左右邊，全都穿著華麗的袍子，另一頭的兩張王座上坐著兩個巨大的身形，看起來是國王和王后。

他們在距離王座大約二十呎的地方停下來。史瓜和姬兒彆扭地想要行禮鞠躬（實驗學校沒有教女孩子怎麼行屈膝躬身禮），年輕巨人小心翼翼把泥桿兒放在地上，泥桿兒卻攤坐下來。說實在的，他那手長腳長的身體，這會兒看起來簡直像極了一隻大蜘蛛。

8

哈方王室

我們走進那些字母裡了，妳還不明白嗎？

我們走進「我」〈ME〉當中的字母「E」裡了。

就是妳掉下去的那個壕溝啊！

「快呀，波爾，做妳的事啦。」史瓜低聲說。

姬兒卻發現她嘴乾得說不出一個字，她狠狠地朝史瓜點點頭。

史瓜心想，他一輩子都不會原諒她的（也不會原諒泥桿兒），於是舔舔嘴唇，對國王巨人大聲喊道：

「大人，『綠衣女士』要我們向您致意，並且說您會要我們參加您的秋日祭。」

巨人國王和王后兩人互相看了看，點點頭，用一種姬兒並不喜歡的神情笑了起來。她比較喜歡國王。國王有一把細捲的鬍子，還有一個挺直的鷹鉤鼻，就巨人來說真的是挺好看的。王后胖得嚇人，還有個雙下巴和搽了粉的一張肥臉——充其量這也不是件好事，當這張臉有十倍大的時候就更糟糕。然後國王伸出舌頭舔了舔嘴唇。任何人都可能做出這個動作，但是他的舌頭是那麼大又那麼紅，又突如其來地伸出來，使姬兒大感驚駭！

「噢，多麼乖的孩子們呀！」女王說。（「也許她還是比較好呢。」姬兒心想。）

「的確是的，」國王說，「相當好的孩子們。我們歡迎你們來到我們宮廷。把你們的手伸出來。」

他把他那隻好大的右手往下伸——他的手很乾淨，手指上還戴了些戒指，但是也有非常可怕的尖指甲。他個子太大，沒辦法和輪流被抱到他面前的孩子們握手，不過他倒是握了握他們的手臂。

「那是什麼呀？」國王指著泥桿兒問。

「可……敬……的……泥……」泥桿兒說。

「哎呀！」王后尖叫一聲，把裙子兜近腳踝。「可怕的東西！它是活的呀！」

「他不要緊的啦，陛下，真的，不要緊的，」史瓜急忙說道，「您認識他以後就會喜歡他了，我相信您會喜歡他的。」

如果我告訴你說，就在這時候，姬兒放聲哭了起來，我希望你不要在這本書後半完全對姬兒失去了興趣。她這麼哭其實是非常情有可原的。她的雙手雙腳和鼻子耳朵才剛剛開始暖和，融雪從她衣服上滴下，這一天她幾乎沒有什麼吃喝，她的兩條腿疼得使她覺得自己再也站不住了。總而言之，當時這個動作倒比任何事作用都大，因為王后說：

「啊，可憐的孩子！大人哪，我們讓客人站著是不對的。快快，來人哪，快帶他們離開。給他們食物和酒，給他們洗澡。安慰安慰這個小女孩，給她棒棒糖、給她洋娃娃、給她藥、給她你們想得到的一切——牛奶酒、糖果、葛縷子、給她唱催眠曲、給她玩具。別哭喔，小姑娘，不然等到祭禮的時候妳就不行了呢。」

在這種時候卻提到了玩具和洋娃娃，姬兒就跟你我同樣感到氣憤，棒棒糖和糖果本身固然不錯，但她十分渴望能給她更實在一點的東西。不過王后這番愚蠢話倒是產生了絕佳的效果，因為泥梠兒和史瓜立刻就被巨大的男侍從提了起來，姬兒也被高大的女侍提起來，三人被送到他們的房間。

姬兒的房間像教堂一樣大，要不是爐上正燒著熊熊火焰，地板上又鋪著一條厚厚的深紅色地毯，房裡會顯得很陰森。而這裡快活的事情也開始一一在她身邊發生。她被交給王后的老保母去照料，老保母從巨人的眼光看來，是個因年老而彎腰駝背的小老太婆，但是從人類的眼光看，卻是個頭小得可以在一般人的房間走動，而不會把頭撞到天花板的女巨人。她是個很能幹的人，不過姬兒還真希望她不要老是用舌頭發出嘖嘖的聲音，並且說些像是「嗚——啦——啦！」「哎喲」「好乖呀」和「沒事啦，我的小乖乖」之類的話。

她把一個巨大的洗腳盆裝滿水，扶著姬兒進去。如果你會游泳（像姬兒一樣），那麼巨人的浴缸就非常好了，巨人的浴巾也是一樣，雖然它有點粗，因為他們的浴巾面積有好幾畝呢。事實上你根本用不著去擦，你只要在火爐前，在浴巾上痛快地打幾個滾就行了。之後，姬兒穿上乾淨而溫暖的衣服：那些衣服都很棒，對她來說大了一些，但是那絕對是為非女巨人的人類做的。「我猜如果那個穿綠衣的女士曾來過這裡，他們一定已經習慣了像我們這種大小的客人了。」姬兒想道。

她很快就發現她對這件事的看法沒錯，因為巨人已經為她擺妥適合一般成年人的桌子和一把椅子，刀叉和湯匙也都是適當的大小。能夠坐下來，終於感覺到溫暖又乾淨是件教人開心的事。她兩隻腳仍然光著，光腳踩在巨大的地毯上好舒服，連腳都陷在裡面了，而疼痛的雙腳正是需要這樣的對待。這頓飯——我猜我們應該說是晚餐，不過時間卻比較接近喝茶時候——有蔬菜雞湯和熱騰騰的烤火雞，還有蒸布丁和烤栗子，更有可以盡情享用的水果。

唯一討厭的是，老保母老是進進出出，每次進到房裡的時候都會帶一件巨大的玩具——比姬兒還要大的洋娃娃、大象一般大小的有輪子的木馬、像是小型煤氣槽的玩具鼓，還有一隻羊毛做的綿羊。這些東西都是粗製濫造，塗著俗豔的顏色，姬兒看了就討厭。她一直告訴老保母說她不要這些東西，但是保母卻說：

「嘖——嘖——嘖！等妳休息了一下以後就會要啦，我知道的！嘻嘻！現在要睡覺嘍。小乖乖！」

臥床倒不是巨人的大床，而是很大的四柱床，就是你會在老式旅館裡看到的那種床，而這床在這個廣闊的房間裡看起來很小。她很高興可以翻滾上床。

「雪還在下嗎，保母？」她睡意濃濃地問。

「不啦！現在下著雨呢，小傢伙！」女巨人說，「雨水可以沖走所有討厭的雪呢。小乖乖明天就可以出去玩了！」她為姬兒蓋好被子，道了晚安。

我知道沒有一件事要比被女巨人親吻還教人不快，姬兒也有同樣想法，不過五分鐘內她就睡著了。

整個黃昏和夜晚，雨穩定地下著，打在城堡的窗戶上。但是姬兒根本沒聽見，只是沉睡著，睡過了晚餐時間，也睡過了午夜。接著是夜裡最沉寂的時候，一片靜寂，只有巨人房子裡的老鼠有動靜。就在這個時刻，姬兒做了個夢。

她覺得自己在同一個房裡醒來，看到紅紅的爐火已經轉弱，還看到火光下那匹很大的木馬。木馬突然自己走過來，腳下的輪子轉著轉著，走過地毯，站在她的頭旁邊。這時候它不再是匹馬，而是一頭像馬一樣大的獅子，而且也不是玩具獅子，而是真正的獅子，就像她曾在世界盡頭的山上看到的那頭獅子。這時候有種包含各種芳香的味道瀰漫室內。但是姬兒心裡有些困擾，只是她想不出是什麼，淚水流下她的臉，沾濕了枕頭。獅子要她重複那些指示內容，她卻發現自己完全忘記了。這時候她感到一陣巨大的驚恐，然後亞斯藍叼起她（她可以感覺到他的嘴唇和呼吸，但感覺不到他的牙齒），把她帶到窗邊，要她往外看。月光皎潔明亮，只見在世界上或者天空中（她不知道哪一個）寫著好大的字：「在我之下」（UNDER ME）之後，夢就消逝了。等她在第二天早上很晚起來時，她連自己做過夢都不記得了。

她起床，換了衣服，在火爐前吃完早餐，這時保母打開門說：「可愛小乖乖的小朋友們來跟她玩嘍。」

史瓜和沼澤人走進來。

「嘿！早安。」姬兒說，「這不是很好玩嗎？我相信我睡了有十五個鐘頭呢。我真的感覺好多了，你們呢？」

「我也是，」史瓜說，「但是泥桿兒說他頭痛。哈！妳的窗子有窗台椅呢。如果我們爬上去，就可以看到外頭了。」於是他們立刻這麼做。

才看了第一眼，姬兒說：「噢，真是太可怕了！」

只見屋外陽光普照，除了一些積雪外，幾乎所有的雪都被雨水沖走了。在他們下方，像地圖般開展的，是那個他們昨天下午才好不容易走完了的平坦丘頂，此刻從城堡往下看，你絕不會認錯，它就是一座巨城的遺址。它之所以平頂，是因為大體上說來它仍然是鋪石的路面，雖然鋪石路面有多處都已經破損了。那些交錯的土堤是巨大建築物的牆壁，而那些建築物很可能是巨人的宮殿和神殿呢。有一片牆壁仍然屹立在那兒，高大約有五百呎，之前她還以為那是座山崖。而那些看起來像是工廠煙囪的，是巨大的柱子，在不同高度斷裂，那斷裂的部分就橫躺在柱底，像是倒下的巨石做的樹身。他們走下山丘北坡時爬過的那些矮牆——無疑的，還有他們在山丘南坡往上爬時翻過的那些矮牆——是巨人階梯殘餘的部分。更慘的是，在鋪石地面的中央，有一排深色的大字：「在我之下」。

三個旅人錯愕地你看著我，我看著你。在短短的一陣口哨聲之後，史瓜說出三人心裡正在想的話：「第二和第三個指示漏掉了。」就在這時候，姬兒的夢境湧回她心中。

「都是我的錯，」她用絕望的口氣說，「我不再每天晚上背誦那些指示。如果我心裡一直想著它們，我就會看出那裡就是那座城了，即使是在那樣的雪裡。」

「我更差勁了，」泥桿兒說，「我**是看**出來了，或者說，幾乎看出來。我心裡想它看起來太像一座廢城了。」

「你是唯一不該怪的人，」史瓜說，「你曾經想要我們停下來。」

「只是沒有很努力地試，」沼澤人說，「而且我也沒有理由要一直去嘗試。我應該去試試的。難道我還不能用兩隻手攔住你們嗎？」

「事實是，」史瓜說，「我們太急著要到這裡，所以我們別的事都不管了。至少我知道我是這樣。從我們遇見那個和沉默武士一起的女人以後，我們就再也無心想別的事了。我們幾乎都忘了瑞里安王子了呢！」

「我相信這正是她的居心。」泥桿兒說。

「我不太明白的是，」姬兒說，「我們為什麼沒有看到那些字母？或者那些字是不是昨天晚上才出現的？可不可能是他——亞斯藍——在夜裡把那些字放在那裡？我做了一個好怪的夢呢。」於是她把夢境告訴他們。

「嘿，妳這個笨瓜！」史瓜說，「我們有看到呀。我們走進那些字母裡了，妳還不明白嗎？我們走進「我」（ME）當中的字母『E』裡了。就是妳掉下去的那個壕溝啊！我們走在最下面那一橫的溝裡，朝北走——然後再在那直的一豎中走的時候往右轉——遇到另一個右轉——這是中間那一橫——然後再走到最上頭的左手邊角落，或者說字母的東北角，再回來。我們真像是大白痴！」他用力踢著窗台椅，然後繼續說：「所以沒用的啦，波爾。我知道妳心裡在想什麼，因為我也是那麼想。妳心裡想，要是亞斯藍等我們走過了以後才把指示寫在石頭上的話，那該多好哇！那樣錯就在他而不在我們了。很可能吧，是不是？不是的。我們必須承認的，我們只有四個指示要遵守，而前三個我們全都漏掉了！」

「你是說我漏掉了，」姬兒說，「的確是的。從你把我帶到這裡來以後，我弄砸了每一件事。那都不重要了，無所謂了——我很抱歉，所有的事。那些指示是什麼呢？『在我之下』似乎沒有什麼意義。」

「是有意義的呢，」泥桿兒說，「它的意思是我們必須到城的下面去找王子。」

「可是我們怎麼能去找呢？」姬兒問。

「問題就在這裡啦，」泥桿兒說，一邊用兩隻青蛙般的大手搓揉著。「我們『現在』怎麼能去找呢？無疑地，如果我們在廢城的時候專心放在我們的任務上，我們一定能看到一些方法——找到一扇小門啦，或者是山洞，或者是隧道，或是遇到某個人可以幫我們。甚至是亞斯藍本人呢（你很難說）。我們就一定有辦法到那些鋪石的下頭去。亞斯藍的指示一向都很有用，從來也沒有例外過。可是**現在**要怎麼去做，這可就是另一件事了。」

「唉，我們恐怕得回去吧，我猜。」姬兒說。

「很簡單，不是嗎？」泥桿兒說，「首先我們可以試試看打開那道門嘍。」

他們全都看著房門，知道他們沒有一個人可以搆得到門把，而就算他們搆得到，也幾乎絕對轉動不了它。

「你們想，如果我們請他們讓我們出去的話，他們會不准嗎？」姬兒說。沒有人說話，但是每個人都想：「他們可能不會准吧！」

這可不是教人快活的想法。泥桿兒堅決反對跟巨人說實話，然後請他們放他們出去，而孩子們沒有他的許可當然也不能說，因為他們之前做過承諾。三人都很確定他們沒有機會趁夜裡逃走，一旦他們在自己房裡，門又關上，他們就得像囚犯一樣，關到天亮。當然他們可以請巨人把他們的門開著，但是那樣會引起巨人的懷疑。

「我們唯一的機會，」史瓜說，「是在白天偷偷溜走。下午會不會有一個小時是大部分的巨人都在睡覺的時候？如果我們可以偷溜到樓下廚房，那裡會不會有後門是打開著的？」

「那根本算不上我所說的『機會』，」沼澤人說，「不過這可能是我們唯一的機會。」其實史瓜的計畫倒不像你以為的那麼希望渺茫。如果你想偷溜出一幢房屋，下午要比半夜好。因為那時候窗門還比較可能是開著的，而且如果你被逮到，總可以假裝你又不是要走遠，也沒有什麼特別的計畫。（如果你在凌晨一點被人發現正從臥室的窗子爬出來，你很難讓巨人或是家中的大人相信這一點。）

「不過我們必須要讓他們不會提防我們，」史瓜說，「我們必須假裝很喜歡待在這裡，也渴望參加秋日祭。」

「那是明天晚上呢，」泥桿兒說，「我聽到有一個巨人這樣說。」

「明白。」姫兒說，「我們必須假裝對這件事非常興奮。要一直問問題。反正他們也認為我們是小娃娃，這樣就更容易了。」

「開心，」泥桿兒深吸了一口氣說，「我們必須裝作很開心的樣子，開開心心，好像我們無憂無慮，愛嬉鬧。你們兩個小孩子不是總興高采烈的，我注意到。你們必須看著我，看我怎麼做就照做。我會開開心心的，像這樣——」他擠出一個難看的苦笑，「——還要愛嬉鬧的樣子——」這裡他做了個很悲苦的跳舞動作。「如果你們注意看我做，很快你們就會學會了。他們已經認為我是個有趣的人了，你知道。我敢說你們兩個人一定認為我昨天晚上有一點醉了，可是我向你們保證那是——呃，大部分是——裝的。我覺得那樣似乎總會派上用場。」

事後孩子們討論起這次的冒險時，都不能確定最後這句話是不是真的，不過他們倒挺確定泥桿兒說的時候可認為這是千真萬確的呢。

「好吧，就開開心心吧。」史瓜說，「現在，要是我們能找個人把這扇門打開來就好了。我們在嬉鬧玩耍又開開心心的時候，也必須盡量了解這座城堡。」

幸運的是，就在這個時刻門開了，巨人保母匆匆走進來，口裡說著：「好啦，我的小乖乖們，要不要來看國王和大臣們出發去打獵的情形呀？好好看呢！」

他們一點時間也不浪費，立刻衝出來，跑過她身邊，爬下他們碰到的第一道樓梯。獵犬聲、號角聲，以及巨人的說話聲引導他們往前，不到幾分鐘就走到了庭院。巨人們全都用走的，因為在世界的這端是沒有巨馬的，所以巨人們打獵都是用走的，就像英格蘭人帶著獵犬獵兔時候一樣。這些獵犬也是正常的大小。

姬兒看到這裡沒有馬匹時，先是非常失望，因為她很肯定那位龐大的胖王后絕對不會走路去追獵犬，而要是她整天都待在宮裡也不行。但是後來她看到王后坐在一個由六個人扛著的轎子上。這個滑稽的老婦全身穿著綠色衣服，身旁有個號角。包括國王在內有二、三十個巨人聚集在一起，準備好要去打獵，有說有笑，聲音大到會讓你耳聾。在下方比較接近姬兒高度的，有搖擺的尾巴、汪汪的叫聲，和狗兒那鬆垂又流著口水的嘴，狗的鼻子還會伸進你的手裡。

泥桿兒正開始擺出他認為是開心和愛嬉鬧的姿態時（要是有人注意到他，恐怕反而會壞了一切），姬兒忙堆起最討人喜歡的幼稚笑臉，衝向王后的轎子，往上對著王后喊：

「噢，請問您呀！您不是要**離開**吧，是嗎？您會回來吧？」

「是呀，我親愛的，」王后說，「我今天晚上就回來了。」

「喔，那好。真是太好了！」姬兒說，「我們明天晚上可以去參加祭典嗎，可以嗎？我們明天晚上好想去喲！我們也喜歡待在這裡。你們出去的時候，我們可以到城堡各處走走看看吧？可不可以呢？請一定要說可以喔。」

王后說可以，但是所有朝臣的笑聲卻幾乎淹沒了她的聲音。

9
他們發現一件事

過了好久好久，一個完全陌生的聲音，

毫無預警地說了起來。

他們立刻就知道這不是他們私底下希望聽到的那個聲音……

事後其他人都承認，姬兒當天的表現實在是太好了。國王和打獵隊伍一出發，她就開始在城堡裡到處參觀、問問題，不過她的態度總是那樣天真無邪，沒有人會懷疑她有什麼密謀。雖然她的舌頭從沒有停過，但是你根本不能說她有說過話：她只是在**瞎扯**、嗤嗤笑著。她跟每個人嘻笑打鬧：男僕、守門人、女僕、侍女，以及打獵歲月已成過眼雲煙的老巨人貴族，又讓女巨人們親吻、觸摸，她們之中有許多人好像為她感到難過，叫她「可憐的小東西」，只是沒有人解釋為什麼。她又特別和廚娘交上了朋友，並且發現了一件非常重要的事：廚房旁洗碗碟處的門可以直通城牆外，用不著穿過庭院或是經過那間很大的門房。她在廚房裡假裝是個貪吃鬼，把廚娘和男廚工給她的各種零星食物都吃下去。到了樓上，在一群宮女中，她又問她們那場盛宴中該怎麼穿、她可以多晚睡，以及她可不可以跟一個個子非常非常小的巨人跳舞之類的問題。然後（這件事讓她事後回想起來時都還全身燥熱呢）她很愚蠢地把頭偏向一邊——這是不管巨人或非巨人都會認為很吸引人的模樣呢——猛甩著她的鬈髮，十分憂煩地說：「噢，我真希望現在就是明天晚上呢，妳們呢？妳們認為到明天那個時候為止，時間都會走得很快嗎？」所有的女巨人都說她真是個可愛的小東西，其中有幾個人還拿起巨人的手帕頻頻擦眼睛，好像快要哭出來了一樣。

「這種年紀的小孩都是好可愛的小東西啊，」一個女巨人對另一個女巨人說，「實在是太可憐了……」

史瓜和泥桿兒也都盡力表現，不過這一類的事情，女孩子做得要比男孩子好，而連男孩子也做得比沼澤人要好。

午餐時候發生了一件事，使他們三個人更急著想要離開城堡。他們的午餐是在大廳裡靠火爐一張他們自己的小桌子上吃的。距他們約二十碼的地方，有六、七個老巨人在一張比較大的桌子前吃午餐。他們的對話又吵鬧又在那麼高的地方，所以孩子們不會注意到他們的談話，就像你不會注意到窗外的汽車喇叭聲或街上的行車聲。他們吃的是冷鹿肉，這種食物是姬兒從沒有吃過的，她還挺喜歡。

泥桿兒突然轉向他們，臉色慘白得你可以看到他天然的土色皮膚下面的白。他說：

「一口都別再吃了。」

「怎麼啦？」另外兩人低聲問。

「你們沒聽到那些巨人說的話嗎？『這塊鹿腰肉很嫩呢。』一個巨人對他們說，『那麼那頭公鹿就騙人了。』另一個人說。『為什麼呢？』第一個巨人說。『噢，』另一個巨人說，『聽說他們抓到牠的時候，牠說：「不要殺我，我的肉很硬。你不會喜歡吃的。」』」

姬兒一時間不明白這話的真正意思，但是當史瓜睜著驚恐的眼睛說：「那麼我們就是吃了一頭**能言**鹿嘍！」她這下終於明白了。

這項發現對三個人的影響不盡相同。新來乍到這個世界的姬兒，為這隻可憐的鹿兒覺得難過，認為巨人殺了牠實在太壞了。史瓜曾經到過這個世界，而且至少有一隻能言獸是他的好朋友，所以感到很驚恐，就像你對凶殺案的那種感覺。但是泥桿兒是在納尼亞出生的，所以他的感覺是嫌惡而又快要氣昏了，就像你發現自己吃下一個嬰兒的感覺。

「我們惹亞斯藍生氣了，」他說，「這就是不去注意到那些指示的後果！

我們受到詛咒了，我想。如果可以的話，我們最好拿這些刀子刺我們自己的心臟吧！」

漸漸地，姬兒也有同他一樣的看法了。不管怎麼樣，他們誰也不想再吃午餐了，於是他們一等到安全的時間，就悄悄溜出大廳。

現在已經逐漸接近一天當中最有逃跑希望的時刻，所以全都變得很緊張。他們在走廊中間閒晃，等周遭情況安靜下來。大廳裡的巨人們在飯後還坐了好久的時間，先頭的那個巨人說了一個故事。故事說完以後，這三個人就閒蕩到廚房。可是廚房仍然有很多巨人，或者說，至少在洗盤碟的地方還有很多人，洗碗盤，收拾餐具。等這些人做完事，一個接一個擦了手走開，真是教人痛苦。房裡最後只剩下一個年老的女巨人。她慢吞吞地在廚房裡走來又走去，最後這三個人才驚恐地明白一件事：她根本不打算走開。

「好啦，親愛的孩子們，」她對他們說，「活兒差不多都做完啦。我們把水壺放這裡，那樣子很快就可以泡杯好茶了。現在我可以稍稍休息了。小乖乖，你們去看看洗盤碟的地方，告訴我後門是不是開著的。」

「是開著的。」史瓜說。

「那就對了。我總是把門打開，讓貓咪能進出，這可憐的東西！」

然後她就坐在椅子上，把兩隻腳抬放到另一張椅子上。

「不曉得我能不能小睡片刻，」女巨人說，「要是那討厭的打獵隊伍不要太快回來就好了。」

她說到小睡片刻的時候，三個人的精神全都為之一振，但是聽到她提到打獵隊伍回來，又洩了氣。

「他們通常什麼時候回來？」姬兒問道。

「誰也說不準。」女巨人說，「但是，去吧，安靜一會兒，我親愛的。」

他們便退到廚房的另一頭，要不是女巨人突然坐起來，張開眼睛，揮開一隻蒼蠅的話，他們早就溜到洗盤碟的地方了。

「等到我們確定她真的睡了以後再走吧，」史瓜輕聲說，「否則會破壞一切。」

所以他們全都擠在廚房邊，等待，觀望。獵人們隨時會回來的想法很嚇人。

女巨人又老是定不下來，每次以為她真的睡著，她就又動了動。

「我受不了這樣。」姬兒心想。為了讓自己分心，她就打量身邊。在她前面就是一張乾淨的大桌子，桌上有兩個乾淨的派盤和一本攤開來的書。那兩個派盤當然很大嘍。姬兒想，她也許可以舒舒服服地躺在其中一個派盤裡，於是就沿著桌邊的椅子爬上去看了看那本書。她看到上頭寫：

野鴨（MALLARD）。此種美味的禽類有多種烹調方式。

「這是本食譜呢。」姬兒興趣缺缺地想，把頭轉到後頭。女巨人的眼睛是閉著的，但是看起來不像睡著了的樣子。姬兒再把眼光放回食譜上。這本食譜是按照英文字母排列的，就在下一個條目，她的心跳似乎要停止了，只見上頭寫著：

人（MAN）。這種細小的兩足動物，長久以來被視爲餐中美味。是傳統秋日祭中不可或缺的部分，在魚和燒肉兩道菜之間食用。每個人——

但是她已經看不下去了。她轉過身。女巨人醒了，一陣咳嗽。姬兒用手肘推了推另外兩人，再指指書。他們也都爬上椅子，彎身在巨大的書頁前。史瓜還在看怎麼做人類的料理時，泥桿兒卻指著下一個條目。它是這麼寫的：

沼澤族人（MARSH-WIGGLE）。某些權威人士認為這種動物完全不適合巨人食用，因為肉質多筋，且有土味。不過這種味道是可以消除大半的，方法是——

姬兒輕輕碰了碰他和史瓜的腳。三人全都回頭看著女巨人，只見她嘴巴微微張開，從她鼻子傳出一個聲音，這聲音在這一刻比任何音樂都要令人歡迎：她打起呼來了。現在可就是躡手躡腳的功夫了——他們不敢走得太快，甚至連呼吸也不敢了——他們穿過洗盤碟的地方（巨人的洗盤碟處聞起來真嚇人），最後終於進到冬日午後淡淡的陽光下。

他們此刻是在一條陡直往下的崎嶇小路頂端。謝天謝地，在城堡的右邊，可以看到廢城。幾分鐘之後，他們就回到城堡的城門前那條寬闊陡斜的路上。他們現在的位置，從城堡這一面的每扇窗子都可以看到。如果能看到他們的只有一、兩扇或是五扇窗子，那他們還有可能不被看見。但是這一面幾乎有五十扇窗子。而且他們現在也發現，他們所走的這條路——其實是介於他們和廢城之間的所有路面上——都是連遮隻狐狸的地方也沒有的，這一帶全是野草、小石子和扁平的石頭。更糟的是，他們現在穿的衣服是巨人們昨天晚上給他們的——除了泥桿兒，因為沒有一件衣服他穿了合身。姬兒穿著一件鮮綠色的袍子，袍子太長了，上面還披著一件滾白色毛邊的深紅色斗篷。史瓜穿著深紅色長襪、藍色的外衣和披風，佩著金劍柄的劍，戴著一頂插著羽毛的帽子。

「顏色真好哇，你們兩位，」泥桿兒喃喃說道，「在冬天裡看起來還真漂亮呢。如果你們倆在射程裡，全世界最爛的射箭手都不會射不中呢。說到射箭手，我相信很快就會很遺憾沒帶我們自己的弓箭了。還有，你們的衣服也單薄了一點，對吧？」

「是啊，我已經凍得要死了。」姬兒說。

幾分鐘以前，他們還在廚房的時候，她認為只要逃出城堡，他們的逃亡就幾乎可以說完成了。她現在才發現，這場逃亡最危險的部分還沒有開始呢。

「要鎮定！要鎮定！」泥桿兒說，「不要回頭看。不要走得太快。不管你做什麼，千萬別跑。要看起來好像我們只是在散步，這樣的話，如果有人看到，他或許不會起疑。一旦我們看起來像是逃跑的人，那就完蛋了。」

距離廢城的路似乎要比姬兒以為的還要遠，不過他們還是一點一點地往前走著。接著傳來一陣嘈雜聲。另外兩個人倒抽了一口氣。姬兒不知道那是什麼，只是問：「那是什麼啊？」

「打獵的號角。」史瓜輕聲說。

「可是就連現在也不要跑，」泥桿兒說，「除非等我說跑。」

這一回，姬兒忍不住用眼光往肩頭後面看去。只見大約一哩遠的地方，打獵隊伍正從他們後面左邊回返。

他們繼續走。突然一陣巨人說話的騷動聲響起，接著是叫喊、大喝聲。

「他們看到我們了。快跑！」泥桿兒說。

姬兒提起長長的裙子——跑的時候穿這種東西太可怕了——拔腿就跑。現在的危險情況是絕對可以確定的了。她可以聽到獵犬群的聲音。她還聽得到國王大吼著：「快追他們，追他們！不然我們明天就沒有『人餅』啦！」

現在她是三個人裡頭跑最後的了，那身衣服妨礙了她，鬆動的石頭又讓她滑倒，她的頭髮飛進嘴巴裡，胸口還有跑步引起的疼痛。獵犬已經逼近。現在她必須往上跑，跑上通往巨大階梯最底下的石子坡。她不知道他們跑上去要做什麼，也不知道就算他們爬到階梯頂，會不會比較好一些。不過她沒有想這麼多。她現在就像一隻被追捕的動物，只要有獵犬在後頭追她，她就必須跑到倒下為止。

沼澤人跑在最前頭。當他跑到最下面的一級階梯時，他停了下來，微微往他右邊看了看，然後突然衝進階梯底的裂縫裡。他那雙消失在洞口的細長雙腿，看起來真像是蜘蛛的腳。史瓜遲疑了一下，隨後也跟著他消失了。氣喘吁吁、搖搖擺擺的姬兒，也在一分鐘左右之後趕到這裡。這個洞實在不討人喜歡，它是個在地上和石頭間的裂口，長大約三呎，高幾乎不到一呎，所以得平趴在地上爬進去，但又沒辦法很快地鑽進去，她很確定她還沒進去，狗的牙齒就會逼近她的腳跟了。

「快，快！拿石頭！把洞口堵起來！」黑暗中她身邊傳來泥桿兒的聲音。洞裡一片漆黑，只有他們爬進來的洞口有些黯淡的光。其他兩個人正背著光拚命堆石頭。然後她發現這件事有多重要，就開始自己去摸索大石頭，並且把它們交給另外兩人。獵狗還來不及在洞口又吠又叫，他們已經快把洞口填滿了，而現在，當然啦，洞裡一點光也沒有了。

「往裡面走，快！」泥桿兒的聲音說著。

「我們大家牽著手。」姬兒說。

「好主意。」史瓜說。不過要在黑暗中找到彼此的手，也花了他們不少時間。這時候，那些獵犬在洞口的另一邊嗅個不停。

「試試看我們能不能站起來。」史瓜提議。他們試了試，發現並不難。於是泥桿兒伸手到身後給史瓜，史瓜再伸出一隻手到身後給姬兒（姬兒多希望她是在隊伍的中間，而不是殿後），他們就開始用腳去試探摸索，跌跌撞撞地往前走進黑暗中。腳下是鬆滑的石頭，然後泥桿兒碰到一面石壁，於是他們稍稍向右轉，繼續走著。這裡還有更多的彎轉，現在姬兒已經全無方向感，也不知道洞口是在哪裡了。

「問題是啊，」前頭黑暗中傳來泥桿兒的聲音，「如果你拿兩件事來比的話，說不定我們走回去（如果我們**走得回去**的話），送給那些巨人在祭禮的時候吃，還要強過我們在這個山洞裡迷路，有十比一的機會會遇上惡龍、深坑、毒氣、水還有——噢！快放手！各自保命。我——」

之後一切都發生得非常快：先是一聲慌亂的大叫，然後是一陣「唰唰」的、揚起塵灰和碎石的聲音，還有隆隆的滾石聲，姬兒發現自己往下滑、往下滑，毫無希望地往下滑，越滑越快，滑下一道越來越陡的斜坡。這個坡並不平滑堅實，而是滿布著小石子和雜亂零星的東西。就算你能站得起來，也沒有用。你的腳踩在這個坡上的任何地方，那裡都會在你的腳下滑開，還把你拖下去。不過姬兒要說是站著，倒不如說是躺著。他們滑得越遠，驚動的石頭和土壤就越多，於是往下衝的每樣東西（包括他們自己）也都衝得更快、更大聲，揚起更大的灰塵，也更骯髒。從另外兩個人刺耳的叫喊和咒罵聲中，姬兒知道她踩鬆的石頭很多都重重地打到史瓜和泥桿兒了。此刻她以驚人的速度快速往下衝，她猜想自己衝到底時必定全身粉碎了。

然而他們並沒有粉身碎骨。他們全身瘀傷，她臉上那濕黏黏的東西感覺像是血。由於鬆散的泥土、沙礫和大石頭堆在她身邊（還有一部分更蓋住了她），使她根本站不起來。這裡一片漆黑，閉上眼睛或睜開眼睛，其實都沒有差別。這裡也沒有一點聲音。這是姬兒一輩子最糟糕的時刻。萬一她變成獨自一人，萬一其他人……然後她聽到周遭有動靜了。很快地，這三個人全用顫抖的聲音解釋自己好像沒有跌斷任何骨頭。

「我們永遠也爬不回上面了。」史瓜的聲音說。

「你們注意到這裡有多暖和了嗎？」泥桿兒的聲音說，「這表示說我們跌了很深的距離。說不定有一哩遠呢。」

沒有人說一句話。過了一段時間，泥桿兒又加上一句：「我的火絨箱不見了。」

又過了很久，姬兒說：「我渴得要命。」

沒有人提議要做任何事。顯然根本沒有什麼事可做，一時間他們倒覺得這沒有他們想像的那麼糟，因為他們都太累了。

過了好久好久，一個完全陌生的聲音，毫無預警地說了起來。他們立刻就知道這不是他們私底下希望聽到的那個聲音——亞斯藍的聲音。這是一種陰沉而沒有高低的聲音——幾乎可以說是一種「漆黑」的聲音，假如你明白這是什麼意思的話。這聲音說：

「你們怎麼來到這裡的，『上界』的人？」

10
不見天日的旅行

他們幾乎要放棄希望，或者放棄害怕任何事的時候，
終於看到前方有光亮，那是一些淒涼的燈光，
像他們自己的燈光一樣……

「是誰呀？」三位旅人高聲喊。

「我乃『下界』邊疆總監，我旁邊站了一百名武裝的地底人，」有個聲音傳過來，「快告訴我你們是何人，到地底國度有何任務？」

「我們是不小心跌到這下面的。」泥桿兒說，這話算是夠誠實了。

「很多人下來，但是沒幾個人回到有陽光的地方，」那個聲音說，「你們準備好跟我一塊兒去見地底國度的女王。」

「她會拿我們怎麼辦？」史瓜小心翼翼地問。

「我不知道，」聲音說，「她的旨意只能遵守，不可以懷疑。」

他說這些話的時候，響起一種像是輕微爆炸的聲音，而後立刻有一陣冷光——灰濛濛還帶點藍色——充塞了整個山洞。原本期待有一百個武裝侍從的話是吹牛的希望，立刻幻滅。姬兒發現自己正對著一群密密的人群驚駭地瞧著。這群人有大有小，從幾乎只有一呎高的小地精到比人類還要高的雄偉大個子。他們手裡都拿著一把三叉戟，面色慘白得嚇人，全都一動不動，像雕像一樣站著。除了這些以外，他們倒是各有千秋，有的有尾巴，有的沒有；有些是大鬍子，有些是大得像南瓜一樣的大圓臉。有的人是又長又尖的鼻子，有的人鼻子又長又軟，像是小小的象鼻，還有人的鼻子是一大團。有幾個人的額頭上還長角。但是他們有一點很相像：這一百個人的臉全都是極度哀傷的神情。他們那副愁容，使姬兒看了第一眼就幾乎忘了害怕。她只覺得自己想要使他們開心一點。

「哇！」泥桿兒搓著兩手說，「這正是我需要的呢。要是這些傢伙不能教我對人生採取嚴肅的態度，那可真不知道誰能教我了。你看看那個留著海象一樣小鬍子的人——或是那個——」

「站起來。」地底人的隊長說。

他們完全毫無反抗的能力，三位旅人於是搖搖擺擺地站了起來，手牽著手。這種時刻會讓你特別想要摸到朋友的手。地底人把他們團團圍住，踩著他們那大而柔軟的腳往前走——這些腳有的有十個趾頭，有的有十二個趾頭，有的連一個趾頭也沒有。

「走啦！」總監說，於是所有人開步向前走。

冷冷的光亮是從一根長竿頂端的一顆大球發出來的，個子最高的地精拿著這根長竿走在隊伍最前頭。在它無精打采的光線下，可以看出他們是在一座天然山洞裡，山洞的洞壁和洞頂或是起凸塊，或是歪扭，或是凹陷，形成千百種神奇的形狀，而石頭的地面隨著他們前進呈下坡的路面。這情形對姬兒要比對其他人更糟，因為她不喜歡暗黑的地下。他們越走，山洞就變得越低矮也越狹窄，最後是拿燈的人站在一邊，地精們一個一個彎身（除了個子最小的地精以外）走進一個小小的暗黑洞口，這時候她覺得再也受不了了。

「我不能走進去，不能！不能！我不要！」她喘著氣說。地底人沒有說話，但是全把矛頭指向她。

「鎮定一下，波爾，」泥桿兒說，「如果這個洞等一下不會變寬，那些大塊頭不會爬進去的。而且這種地底有個好處，我們不會淋雨！」

「噢，你不懂的啦。我不能。我不能。」姬兒哀哀哭泣。

「妳想想看**我**在那懸崖上是什麼感覺，波爾，」史瓜說，「泥桿兒，你先，我走在她後面。」

「對，」沼澤人說著，趴下身體。「波爾，妳抓著我的腳跟，史瓜會抓住妳的腳，那樣我們都會很舒服。」

「舒服！」姬兒說。但是她也趴下來，於是他們就用手肘撐著爬進去了。這是個討人厭的地方，你必須面向下爬行，看似半小時但可能實際上只有五分鐘的時間。這裡又很熱。姬兒感覺自己快要窒息了，不過前方終於出現了微弱的光亮，地道變寬也變高了，他們又熱又髒，飽受震撼地走進一個山洞，但是這山洞大得根本看不出像是山洞。

山洞裡充滿一種昏沉的漫射光亮，用不著地底人那盞奇特的燈了。地面由於長著某種青苔，十分柔軟，從地上長出許多形狀怪異的東西，高高的，有枝杈，像是樹，但是卻又鬆軟得像是蘑菇。這些東西彼此距離得太遠，不能形成森林，倒比較像是公園。光亮（帶有一點綠色的灰色光）似乎是從這些東西和青苔上發出來，光不夠強，沒法子照到山洞頂，洞頂必定是上方很遠的地方。他們現在就是走過這塊輕柔，讓人昏昏欲睡的地方，這是個哀傷的地方，不過這種哀傷卻是沉靜的，像柔和的樂曲。

在這裡他們走過好幾十隻躺在草皮上的奇怪動物，但是牠們是死了還是睡著了，姬兒卻看不出來。這些動物大多數像龍，或是蝙蝠，泥桿兒根本不知道牠們是什麼東西。

「牠們是在這裡長大的嗎？」史瓜問總監。那傢伙對有人同他說話似乎很驚訝，不過還是回答了：「不是的。牠們是從上界找到裂縫和山洞來到地底國的。很多人下來，但是沒幾個人回到有陽光的地方。據說牠們在世界末日的時候才會醒過來。」

說完這些話，他的嘴巴就緊緊閉上，而在山洞裡的寂靜中，孩子們也不敢說話了。光著腳的地精踩在深深的青苔上，不發一點聲音。這裡沒有風吹，沒有飛鳥，沒有水聲。那些奇怪的動物也沒有呼吸聲。

走了幾哩路之後，他們碰上一面岩壁，岩壁中有一座低矮的拱門，通向另一座山洞。不過這裡倒沒有上一個入口處那麼糟，姬兒可以不用低頭就走進去。他們進到一個比較小的山洞，長又窄，大小約像一座大教堂。在這裡躺著一個好大的人，沉沉睡著，幾乎占去整個山洞的長度。他比任何巨人都還要巨大，但臉卻不像巨人的臉，而是高貴俊美的。他的胸口在垂到腰際的雪白鬍子下輕柔地起伏著。一道純淨的銀光（沒有人看到光從哪裡來）照射在他身上。

「那是誰呀？」泥桿兒問。已經好久都沒有人說話了，姬兒想他怎麼有膽。

「他是時間老人，從前是上界的一個國王，」總監說，「現在他到了地底國，躺在那裡，夢到在上界做過的所有事情。很多人下來，但是沒幾個人回到有陽光的地方。他們說他會在世界末日的時候醒來。」

出了這個洞，他們走進另一個洞，然後是另一個、另一個，走得姬兒已經數不清了，不過他們一直是往下坡走，而每個洞都比上一個洞低，使得你一想到在你上方的土的厚度和重量就會覺得要窒息了。終於他們走到一個地方，總監命令再把那盞沒精打采的燈點起來。然後他們進到一個寬闊暗黑的洞裡，他們看不到任何東西，除了正前方有一片淺色沙灘伸進靜止的水中。而在一個小碼頭旁邊，放著一艘沒有船桅也沒有船帆，卻有許多槳的船。他們被指示上了船，並且被帶到船頭，在划船者的椅子前方有一塊空地，還有沿著船舷內而設的座位。

「我想知道一件事，」泥桿兒說，「就是有沒有人從我們世界——我是說，從上頭那裡——有沒有人做過這樣的旅行？」

「有很多人在淺色海灘上搭船，」總監說，「而——」

「是啦，我知道，」泥桿兒打斷他的話，「**但是沒幾個人回到有陽光的地方**。你不用再說一遍。你是個死腦筋吧，對不對？」

孩子們站在泥桿兒兩旁，緊緊挨著他。他們在地上的時候都認為他愛掃人興，但是在地底他卻是唯一可以給他們安慰的人了。而後那黯淡的燈就掛在船中間，地底人就划槳位置，船開始前行。燈光只能照到很近的距離。往前看去，他們只能看到平滑而暗黑的水面，漸漸隱到純然的黑暗當中。

「噢，我們會怎麼樣呢？」姬兒絕望地說。

「嘿，妳可不要氣餒喲，波爾，」沼澤人說，「有件事妳必須記住，我們回到正確的路上了。我們本來就應該到廢城的底下，而現在我們**正是**在城的底下。我們又遵照指示了。」

不久他們分到了食物，那是某種軟趴趴的走味蛋糕，幾乎毫無味道。之後他們漸漸睡去，但是醒來以後，每件事幾乎都沒變，地精們仍然在划船、船隻仍然快速滑行，前方仍然是一片死寂的黑暗。他們不記得醒來又睡去、吃了再睡的次數。而最糟的是，你會開始感覺你好像一直是住在船上，在黑暗中，懷疑太陽、藍天、風和鳥是不是只是一場夢。

他們幾乎要放棄希望，或者放棄害怕任何事的時候，終於看到前方有光亮，那是一些淒涼的燈光，像他們自己的燈光一樣。然後，很突然地，其中一個這樣的燈光靠近了，他們才看清楚，他們正和另一艘船擦身而過。之後他們還遇到過幾艘船。後來他們再努力睜眼看清楚，睜到眼睛都痛了起來，看到了前頭有一些光亮，照到一些像是碼頭、圍牆、高塔和走動的人群的東西。不過那裡仍然是幾乎沒有任何聲音。

「哇！」史瓜說，「是一座城市呢！」不久後大家都發現他說得沒錯。

但是這是座奇怪的城市。燈光少又稀疏，就算給我們世界裡四散分布的屋舍用都不夠呢。但是透過零星燈光，這裡卻像是座大海港。你可以看得出這個地方有一大堆船隻在裝卸貨物，那個地方是一捆捆的貨品和一座座倉庫，另一個地方又有圍牆和巨柱，讓人想到是堂皇的宮殿或是神殿，而不管燈光照到什麼地方，總是有沒完沒了的群眾——上百個地底人，他們互相推擠著，在窄街上、在廣場上，或是在大台階上往上走著，安靜地忙著自己的事。船越駛越近，他們始終不停地動作，聽起來竟有種輕柔的呢喃聲，但是那裡卻沒有一點歌聲、叫喊聲、鐘聲或是車輪聲。這座城市就像一座蟻丘的內部一樣的安靜，也幾乎像蟻丘內部一樣的昏暗。

船終於靠近碼頭，拴牢了。三個旅人被帶上岸，走進城裡。擁擠的街上，成群的地底人——沒有兩個是長得一樣的——跟他們擦肩走過，哀傷的燈光照在許多悲愁醜怪的臉上。沒有一個人對這些陌生人露出感興趣的樣子。每個地精似乎都忙得要命，只是姬兒永遠不知道他們究竟在忙什麼，而那無盡的走動、推擠、趕忙和輕柔的走路聲，卻是永無止境地持續著。

最後他們來到一個看起來是座大城堡的地方，只是城堡中亮著燈的窗戶沒有幾個。他們被帶進去，穿過一個庭院，爬了許多道樓梯，來到一間燈光昏暗的大房間。可是房間的一角——多教人開心哪！——卻有個拱門，拱門道裡洋溢著很不一樣的燈光，那是像人類用的燈光所發出來的實實在在、溫暖的黃光。這樣的燈光照出了拱門裡一道樓梯的底部，樓梯看起來是在石牆中間盤旋而上的，而燈光似乎是從樓梯頂那裡照下來。兩個地底人分別站拱門兩旁，像是守衛，或是隨從。

總監走到兩人前面，像是唸口令一樣地說：

「很多人下到下界。」

「沒幾個人回到有陽光的地方。」他們也回答，就像是口令的答號一樣。然後三個人湊在一起說著話。最後兩名守衛中的一個說：「我告訴你，女王殿下有要事不在。我們最好把這幾個上界居民關起來，等女王回返。沒幾個人回到有陽光的地方。」

這時候他們的對話被一種姬兒認為是世界上最令人快活的聲音打斷了。這聲音從上頭發出來，也就是樓梯的最上方。這是一種清脆的人類說話聲，是一個年輕男人的聲音。

「你們下頭在騷亂什麼呀，木魯古德隆？」他叫道，「上界人，哈！把他們帶上來，立刻帶上來！」

「殿下請記住——」木魯古德隆才剛開始說，就被那個聲音打斷了。

「殿下我的話是要人服從的，別囉嗦！把他們帶上來。」他叫道。

木魯古德隆搖搖頭，示意三個旅人跟著他，就上階梯了。他們每登上一級梯階，光線就增強一些。牆上掛著色澤華麗的綴飾畫。樓梯頂掛的帘子透出金黃色的燈光。

地底人撥開帘子，然後站在兩旁。三個人走了進去，置身在一間美麗的房間裡，房裡有許多綴飾畫，整潔的壁爐裡冒著明亮的火焰，桌上的紅酒和雕花玻璃杯閃閃發亮。一個金色頭髮的年輕人站起來迎接他們。他十分俊美，看起來既英勇又溫柔，不過他的臉上有種很不對勁的表情。他穿著一身的黑，整個人看起來有一點像哈姆雷特。

「歡迎歡迎，上界人，」他叫道，「請待一會兒吧！請你們好心答應吧！我看過你們這兩個可愛的孩子，和這位奇特的長者。我和我的女士騎馬在艾汀斯荒原邊界上的橋邊遇到的，不就是你們三個人嗎？」

「噢……你就是那個沉默的黑武士嗎？」姬兒驚叫。

「那位女士就是『下界女王』嗎？」泥桿兒問，他的口氣不是很友善。心裡想的也是同樣事情的史瓜，脫口而出：「如果是的話，我認為她故意把我們送到一個打算吃我們的巨人城堡裡，實在太壞心腸了。我們害過她嗎？我想知道！」

「怎麼啦？」黑武士皺著眉頭說，「孩子呀，如果你不是這麼年輕的武士，我可非要和你就這個爭執比個你死我活了。我是絕不能聽到有人毀壞我的女士名聲的。不過這一點你可以放心，不管她對你說什麼，她都是出於好意。你不了解她。她是個集各種德行於一身的美人兒，比方說真誠、慈悲、忠貞、溫柔、勇敢等等。我只說我知道的吧。單單說她對我的好——我是怎麼樣也報答不了她的——就可以寫成一篇驚人的歷史呢。不過以後你們就會認識她，並且愛上她了。話說回來，你們到『地底國』的任務是什麼？」

泥桿兒還來不及攔阻，姬兒就脫口而出：「我們想要找到納尼亞的瑞里安王子。」然後她才意識到她冒了多大的險，因為這些人有可能是敵人。但是武士卻沒有什麼興趣的樣子。

「瑞里安？納尼亞？」他漠然地說，「納尼亞？那是什麼地方呀？我從沒聽過這個名字，一定是距離我知道的上界有一千里格那麼遠。（譯註：里格為長度單位，約等於三哩。）不過讓你們到我女士的國度裡來找這位——你們怎麼稱呼他的？——畢里安？崔里安？——那還真是奇怪的神話哩。說實在的，就我所知，這裡沒有這號人物。」話說到這裡，他放聲大笑。姬兒心想：「我不知道這是不是他的臉看起來很不對勁的原因？他是不是有點痴呆？」

「有人要我們到廢城的石頭上找訊息，」史瓜說，「而我們看到了『在我之下』幾個字。」

武士這會兒笑得比剛剛更開懷了。「那你們更是被騙了，」他說，「這些字句對你們的目的毫無意義。要是你們問問我的女士，她就可以給你們更好的勸告了。因為這些字是一段文字的殘留部分，就我們所記得，那是古代的一段詩句：

雖然我已在黃泉，不再坐擁王座和國家，
但有生之年間，全部大地都在我之下。

無疑是某個古代巨人國的偉大國王——長眠在那裡——把這句誇耀自己的話

刻在他墓地的石塊上，顯然有些石塊碎裂了，而有些石塊為了別的建築使用則被搬移，刻字處也被碎石填上，使得這段文字只剩下幾個字可以看得到。你們竟然認為這些字是寫給你們的，這豈不是全世界最好笑的事嗎？」

這番話簡直像冷水流下史瓜和姬兒的背一樣，因為這樣一來，很可能那幾個字和他們的追尋毫無關係，他們卻只是因為巧合而信以為真了。

「你們別理他的話，」泥桿兒說，「這些絕不是巧合。我們的嚮導是亞斯藍，他在巨人國王下令刻那些字句時就存在了，所以他早就知道會從那裡引發的事情，當然也包括這件事。」

「你們這位嚮導一定是個相當長壽的人了，朋友。」武士又哈哈大笑說著。

姬兒開始覺得他有點討人厭。

「而我覺得呢，先生，」泥桿兒回答道，「您這位女士也必定活了很久了吧，如果她還記得住當初人家刻的詩句。」

「很聰明喔，青蛙臉，」武士說著，拍拍泥桿兒的肩，又笑了起來。「你說的是實情。她是神族的成員，不會衰老，也不會死亡。我真是感謝她對我這麼一個可憐的平凡人有那麼無盡的慷慨。先生們，需知我經歷過最最奇特的境遇，而只有女王的恩寵容忍了我。我說『容忍』了嗎？但是還不只是這樣呢。她答應要讓我在『上界』擁有一個偉大的王國，若我做了國王，她將委身下嫁。不過這個故事太長了，怎能讓你們餓著肚子站著聽呢？嘿，你們幾個人！把酒和地上居民的食物端過來給我的客人們。請坐下來，兩位先生。小姑娘，妳坐這張椅子。我要把故事源源本本告訴你們。」

11

在黑暗城堡裡

他們全都睜亮了眼睛，站在那裡互望著。

這是個教人難以忍受的時刻。

食物端上來（有鴿子派、冷火腿、沙拉和蛋糕），所有人把椅子拉近餐桌準備吃的時候，武士繼續說了：

「朋友們，你們必須明白一件事，就是我一點也不知道我是誰，或是從什麼地方來到這個『黑暗世界』的。對於我沒有住在這美如天仙的女王宮廷中的歲月，我一概不記得了，但是我的想法是，她把我從某個邪惡的魔法中解救出來，帶我來到這裡，接受她的慷慨照顧。（誠實的青蛙腳，你的杯子空了。請容我把它斟滿吧。）而這對我來說似乎是最可能的，因為即使現在我還是受到咒語的控制，只有我的女士能救我。

「每天夜裡有一個小時，我的心境會大為改變，之後我的身體也會改變。因為我會變得憤怒、凶暴，如果沒有把我綁住，我甚至會撲向我最親近的朋友，去殺死他們。之後我很快就變作一條大蛇的模樣，飢餓、凶猛、能置人於死地。（先生，請再取用鴿胸肉，我請求你。）他們是這麼告訴我的，而他們說的也的確沒錯，因為我的女士說的也一樣。我自己是不知道的，因為這一小時過後，我就會醒過來，完全不記得那段發作的情形，我也恢復了原本的心態——只是多少會覺得有一點兒累。（小姑娘，吃一點蜂蜜蛋糕嘛，這些蛋糕是從南邊世界的野蠻地方帶過來給我的呢。）女王殿下以她的方法知道，當她在上界的一塊土地立我為王，把王冠戴在我頭上的時候，我就可以不受這種魔法的束縛。這塊土地已經選好了，就在我們鑽出去的地方。她的地底人夜以繼日地在它的下面挖一條通道，現在已經挖得離那個地上國的人民走路所踩的草不到二十呎了。那些地上人的敗亡很快就要臨頭了。她本人今天晚上也在挖掘的地方，我希望傳個口信給她。將我和我的王國隔開的那層薄薄土層就會挖穿，然後在她的引導和上千名地底人的跟隨下，我將武裝騎馬前去，突擊我的敵人，殺死他們的首領、摧毀他們的重鎮，毫無問題地在二十四小時內加冕成為他們的國王。」

「那**他們**有一點倒楣了，是吧？」史瓜說。

「你可真是個腦筋奇快的孩子呢！」武士嘆道，「因為，我敢發誓，我以前從沒有這樣想過呢。我明白你的意思。」

有很短暫的時間，他看起來有些困惑，微微地有些困惑，不過他的臉色很快就恢復正常，又開始哈哈大笑地說：「不過，管他的哩！他們做自己的事，卻從沒有想到在他們平靜的田野或地板下面只有六呎的地方，有支大軍隨時準備泉湧而出，衝出地面攻打他們，這不是世界上最滑稽可笑的事嗎？他們竟然從來也沒有懷疑過！嘿，就連他們自己呀，等他們被打敗的最初痛苦過去了以後，恐怕也只能笑了吧！」

「我不認為這有什麼好笑，」姬兒說，「我認為你會是個邪惡的暴君。」

「什麼？」武士說，他仍然用一種教人惱火的樣子笑著，並且拍著她的腦袋。「我們這位小女生是個深謀遠慮的政治家嗎？不過妳不用怕，乖孩子。在統治那塊土地時，我會完全遵照我的女士的話去做，屆時她也已經是我的王后了。雖然我的話就是被征服者的法律，但是她的話又將是我所遵行的法律呢。」

「我來的地方，」姬兒說，她每一分鐘都比前一分鐘更討厭他，「那裡的人對於受妻子支使的男人沒有很高的評價。」

「我向妳保證，當妳找到了妳的男人以後，想法就不一樣嘍。」武士說，顯然認為這句話非常有趣。「可是要說到我的女士，那可就是另一回事了。我非常樂意照她的話去做，她已經救過我免受上千種危難了。女王對我的溫柔照料，是任何做母親的再怎麼費心照料自己孩子，都比不上的。你們要知道，除了她的照料和關懷之外，她還帶我到『上界』去了好多次，要讓我的眼睛習慣陽光。那時候我就得全副武裝，面甲也拉下來，不教任何人看到我的臉，而且也不可以同任何人說話。因為她用法力發現，跟人說話會阻礙我擺脫魔法。她是不是一位值得男人全心崇拜的女士？」

「聽起來真是位好心的女士呀！」泥桿兒用一種一聽就知道完全口是心非的語氣說。

晚餐還沒有吃完，他們已經聽厭了武士的話。泥桿兒心想：「不曉得那個女巫在跟這個年輕傻子玩什麼把戲？」史瓜則想：「他真是個大娃娃，被那個女人綁得死死的。笨蛋一個！」姬兒想的是：「我好久沒有碰過這麼一個最愚蠢、自負又自私的豬玀了！」但是飯吃完之後，武士的心情變了，再也沒有笑聲。

「朋友們，」他說，「我的時間已經快到了。我很慚愧，你們會看到我的窘態，但是我害怕自己一個人。他們很快就會進來，把我的手腳都綁在那邊那張椅子上。哎呀，非得這樣吧！因為他們告訴我說，我在盛怒中會把碰得到的一切都毀掉。」

「噢，」史瓜說，「當然啦，我對於你身中魔法感到很遺憾，可是那些傢伙進來綁住你的時候，會怎麼樣對付我們呢？他們起先還提過要把我們關起來呢。而且我們可不是很喜歡那些暗黑的地方，我們倒願意待在這裡，等到你……比較好一點……如果可以的話。」

「你想得很周到，」武士說，「習慣上，只有女王一個人可以在我變邪惡的時候陪著我。她對我的名譽設想得很周全，所以不願意讓任何外人聽到我在狂亂時候說出來的話。不過說服照料我的地精們讓你們留下來陪我並不是件容易的事。我想我甚至已經聽到他們踩在階梯上的輕柔腳步聲了。你們從那扇門出去，那裡通到我別的房間。你們可以在那裡等到他們將我鬆綁後，我會走過去，或者你們也可以再回來，在我胡言亂語的時候坐在我旁邊。」

他們照著他的指示，從一扇先前沒有看到的開著的門走出去。他們很高興地發現，這扇門把他們帶到一個有光照亮的走廊，而不是一片漆黑中。他們試了好多扇門，找到了（他們急需的）梳洗的水和一面穿衣鏡。「他根本沒有讓我們在吃飯前梳洗一下，」姬兒邊擦臉邊說，「真是自私自利的豬玀！」

「我們要回去看魔法發作嗎？還是待在這裡？」史瓜說。

「我主張留在這裡，」姬兒說，「我情願不要看。」不過她仍然有一丁點的好奇。

「不要，我們回去，」泥桿兒說，「我們也許可以不經意聽到一些消息，我們能獲得什麼消息就要得到。我非常相信女王是個女巫，也是敵人。而那些地底人只要一看到我們就會打破我們的腦袋。我在這塊土地上聞到的是比以往都要強烈的危險、謊言、魔法、叛逆的氣味。我們必須睜大眼睛看，仔細地聽。」

他們沿著走道往回走，把門推開。「沒事。」史瓜說，他的意思是房裡沒有地底人。然後他們全都回到剛剛用餐的那個房間。

主屋的門現在是關著的，帘子掩住了他們初進來時的入口。武士坐在一張怪異的銀椅上，腳踝、膝頭、手肘、手腕和腰全都被綁在椅子上。他的額頭上有汗珠，臉上滿是痛苦的神情。

「進來吧，朋友們，」他說，眼光很快地往上看，「魔咒現在還沒有發生。

不要發出聲音，因為我告訴那個愛打探的侍從說你們已經上床睡覺了。現在……我可以感覺到它要來了。快！趁我還能控制自己的時候，你們快聽我說。當魔咒上我身的時候，我很可能會威脅或懇求，要你們把我鬆綁。他們說我會這樣子。我會用最甜言蜜語或是最凶惡狠毒的話對你們說。但是不要聽我的話。你們要硬起心腸，捂住耳朵。因為我被綁著的時候，你們會是安全的。但是我一旦站起來，離開這張椅子，那麼我先會憤怒無比，然後——」他全身戰慄。「——就會變成一條教人作嘔的大蛇。」

「你不用怕我們會給你鬆綁，」泥桿兒說，「我們可不想去碰狂暴分子，也不想碰到蛇。」

「我想也是。」史瓜和姬兒異口同聲說。

「不過呢，」泥桿兒低聲說，「我們也別太有把握了，要時時提防。我們已經把其他的每件事都搞砸了，你們知道。一旦他被魔法上了身，他會變得很狡詐，我相信。我們可不可以信任彼此？我們全都保證說，不管他說什麼話，我們都不要去碰那些繩子好嗎？不管他說什麼喲？」

「好！」史瓜說。

「**不管**他說什麼或是做什麼，全都不會改變我的心意。」姬兒說。

「噓！有事情發生了！」泥桿兒說。

武士在呻吟，他的臉白得像油灰一樣，整個人在束縛中還不斷扭動身體。不知道是因為替他難過，或者是其他理由，總之姬兒認為他現在看起來要比先前善良得多。

「啊，」他抱怨著說，「魔法，魔——法——邪惡魔法，那沉重的、糾結的、又冷又濕黏的網。活埋。被拖到地底下，進到煤煙般的漆黑中……有多少年啦？……我在坑洞裡住了十年或是一千年了？四周全是蛆一樣的人。噢，發發慈悲吧。讓我出去，讓我回去！讓我再感受到風吹，看到天空……那裡從前有個小池塘。你低頭看著池水時，可以看到水裡面所有的樹都是倒著長的，全是綠色，而在它們下方，很深很深的，就是藍天。」

他一直用低低的聲音說著話，現在他抬起頭，目光直盯著他們，清楚而大聲地說：

「快！我現在是神智清楚的。每天夜裡我的神智都是清明的。只要我能從這張魔椅上離開，就可以一直持續下去了。我就可以再做一個正常人了。可是他們每天晚上都把我綁起來，所以每天夜裡我的機會都消失了。但是你們不是敵人，我也不是**你們**的犯人。快！把這些繩索割斷。」

「站穩了！鎮定！」泥桿兒對兩個孩子說。

「我請求你們聽著，」武士強迫自己盡量平靜地說，「他們有沒有對你們說，如果把我從這張椅子上鬆綁，我就會殺死你們，並且變成一條蛇？我看你們的神情就知道他們說了。那是騙人的。我只有在這個小時內才是神智清楚的，而在一天的其他時間裡，我是被魔法迷住的。你們不是地底人，也不是巫婆，為什麼要站在他們那一邊？麻煩你們行行好，把我這些繩子割斷。」

「鎮定！鎮定！鎮定！」三名旅人互相說著。

「噢，你們真是鐵石心腸呢，」武士說，「相信我，你們看到的這個可憐人，他受過的苦比任何凡人能夠承受的還要多。我害過你們什麼嗎？為什麼你們要和我的敵人站在一起，讓我受到這樣的悲慘待遇？而時間正一分一秒地過去。

你們現在還可以救我，等到這個小時過去了以後，我就會再次變得愚蠢——成為最邪惡的害人巫婆的玩具或是小哈巴狗，不對，比較像是她的棋子和工具。而且今天晚上又是難得她不在的夜晚！你們要奪走我可能永遠不會再來的機會了。」

「這好嚇人呀！我真希望我們待在別的地方，等這一切過去。」姬兒說。

「鎮定！」泥桿兒說。

被綁著的人聲音在這時候正提高而變成了尖叫：「我說，讓我走！把我的劍拿來！我的劍！等我鬆綁了以後，我會向地底人報復，讓下界的人過了一千年還會談到這件事！」

「現在他的昏狂已經開始了，」史瓜說，「我希望那些繩結夠牢。」

「是的，」泥桿兒說，「如果他現在鬆綁，他會有平常力量的兩倍。而我又不善用劍。他一定會打倒我們兩個的，我確信，然後波爾就得獨自去對付這條蛇了。」

被綁著的人現在拚命想要掙脫繩索，使得繩子都嵌進了他的手腕和腳踝的肉裡。「要小心！」他說，「要小心！有一天晚上我**真的**把繩子掙斷了，但是那一次那個女巫也在。今天晚上你們沒有她幫忙。現在鬆開我，我還會是你們的朋友，否則我和你們不共戴天。」

「他很狡猾吧？」泥桿兒說。

「我只說這麼一遍，」被綁著的人說，「我請你們把我鬆開。看在各種恐懼和愛的分上、看在上界的朗朗青天分上、看在偉大的獅子亞斯藍本人分上，我命令你們——」

「噢！」三名旅人像是受傷了一樣地叫道。

「這就是指示！」泥桿兒說。

「這是指示中的**字句**。」史瓜比較謹慎地說。

「噢，我們**該**怎麼辦？」姬兒說。

這是個可怕的問題，如果他們現在因為這個武士頭一次在偶然間喊出一個他們很在意的名字，就要把武士鬆綁，那麼當初彼此答應任何情況下都不能把武士鬆綁，又有什麼意義？但是另一方面，如果他們不去遵照指示裡的話，知道那些指示又有什麼用？然而亞斯藍要他們給任何以他名義要求他們的人——甚至是個瘋子——鬆綁嗎？這會不會只是個巧合？或者會不會是下界的女王早就知道這些指示內容，並且教武士知道這個名字，只是為了要計誘他們？可是，萬一這是真正的指示，那怎麼辦？他們已經搞砸了三個，不敢把第四個也弄砸了。

「噢，要是我們知道該怎麼辦就好了！」姬兒說。

「我想我們是知道的。」泥桿兒說。

「你是說，你認為如果我們把他鬆綁，一切就會安然無恙嗎？」史瓜問。

「這我倒不知道，」泥桿兒說，「你知道，亞斯藍並沒有告訴波爾會發生什麼事。他只告訴她該怎麼辦。那個傢伙一旦起來，我們恐怕就沒命了，我確定。不過這樣也不能使我們不遵照指示去做。」

他們全都睜亮了眼睛，站在那裡互望著。這是個教人難以忍受的時刻。「好吧！」突然姬兒說，「我們把事情做個了斷吧。再見了，各位！」他們全都握了手。武士現在已經在尖叫了，他的臉頰上沾著吐沫。

「來吧，史瓜。」泥桿兒說。他和史瓜各自抽出自己的劍，走到被捆綁著的人面前。

「以亞斯藍之名！」一說完，就開始不慌不忙地割斷那些繩子。被綁的人才一鬆綁，立刻一躍而起，跑到房子另一頭拿起自己的劍（之前的劍已經被人從他身上拿走，放在桌上），抽出來。

「先解決你！」他大喊一聲，一劍刺向那把銀椅。這一定是把好劍，刀刃落下處，銀的材質像繩子一般應聲而斷，不要多久，這把椅子就只剩下幾個歪歪扭扭、在地上閃閃發光的碎片了。但是當椅子被斬斷時，椅身發出一陣明亮的閃光，還有像是小小的雷鳴聲，瞬間更傳出一種惡臭味。

「躺在那裡吧，你這個邪惡的魔法工具！」他說，「免得你的女主人再用你去害別人。」然後他轉過身打量救他的人，而在他臉上那種不對勁的神色——不管那是什麼——已經消失了。

「什麼？」他大叫一聲，轉向泥桿兒。「我眼前是個沼澤人——活生生、不折不扣的納尼亞的沼澤人嗎？」

「噢，這麼說來，你的確是**聽過**納尼亞的嘍？」姬兒說。

「我著了魔咒時忘了嗎？」武士問，「噢，現在這一切魔咒都過去了。妳當然可以相信我知道納尼亞，因為我正是納尼亞王子瑞里安，偉大的國王賈思潘是我的父親。」

「殿下，」泥桿兒說著，單膝跪下（孩子們也照著做），「我們來到這裡，目的正是為了尋找您的下落。」

「而另外兩個救我的人，你們又是什麼人呢？」王子對史瓜和姬兒說。

「是亞斯藍親自派我們從世界盡頭那邊過來尋找殿下的，」史瓜說，「我叫尤斯提，曾經和賈思潘國王一起航行到拉曼杜。」

「三位對我的恩德，我是永遠也無法報答的了。」瑞里安王子說，「但是我父親呢？他還在人世嗎？」

「大人哪，他在我們離開納尼亞以前就再度往東航行了，」泥桿兒說，「但是殿下您必須考慮到王上年事已高，在旅行中過世的機率是十比一。」

「你說他年事已高。我在女巫的控制下有多久了？」

「從殿下您在納尼亞北邊森林裡失蹤至今，已經有十多年了。」

「十多年！」王子說道，並且把手拂過他的臉，好像要把過去也擦去一樣。

「是的，我相信你。如今我恢復了原樣，我也想起我那被迷住了的生命，雖然被迷住的時候，我一點也記不得真正的自己。現在呀，我的朋友們——且慢！我聽到他們上樓的腳步聲！（那種肉墊一樣的悶悶腳步聲怎不教人作嘔！噁！）把門鎖上，男孩。還是別走吧。我有個好主意。如果亞斯藍賜給我智慧，我就來愚弄這些地底人吧！你們聽我的提示。」

他果決地走到門前，猛力把門拉得開開的。

12
下界女王

世界上沒有納尼亞、沒有「上界」、沒有天空、沒有太陽，
也沒有亞斯藍！

兩個地底人走進來，但是他們沒有進到房裡，而是一邊一個在門旁站定，然後深深彎腰行禮，緊接著走進來一個誰也絕對料不到或是想要見到的人：「綠衣女巫」「下界女王」。她動也不動地站在門口，他們可以看到她的眼珠子轉呀轉，把整個情形看進眼裡——包括三個陌生人、被毀了的銀椅，還有鬆綁了的王子，王子手裡還拿把劍。

她臉色變得很白，但是姬兒認為這種白色不是嚇得慘白，而是氣得慘白。有一小段時間，女巫把眼光盯著王子，那眼光中含著騰騰殺氣。然後她好像改變主意了。

「你們下去，」她對兩名地底人說，「除非我叫你們，否則不准任何人打攪我們，違者處死。」兩個地精乖乖離去，女巫把門關了，並且鎖上。

「現在怎麼樣啦，我的王子大人？」她說，「你每晚的狂亂是還沒有發作呢，還是這麼快就結束了呢？你為什麼鬆了綁站在這裡呢？這幾個外來者是誰？把你唯一的安全保護——銀椅——毀掉的，是不是他們？」

她對著瑞里安王子說話的時候，王子不住地顫抖，這也難怪，讓一個人做了十多年奴隸的魔法，可不是你能在半個小時內就輕易拋開的。好不容易他鼓起勇氣說了：

「女士，我不再需要這張椅子了。妳告訴過我不下一百次，說多麼憐憫被魔法困住的我，如今無疑地，妳會很高興地知道，這魔法已經永遠結束了。不過似乎妳處理它的方式有一點小錯誤。這些人是我真正的朋友，他們把我救出來了。現在我是神智清楚的，而我有兩件事要告訴妳。第一，妳計畫讓我領著一支地底大軍，衝到上界，傾全力去做某個和我無冤無仇的國家的國王——殺掉他們本來的王公貴族，強占王位，就像是個殘忍的外國暴君一般的行徑——如今我已清醒，我要說我對這種邪惡的行為是深惡痛絕的。第二，我是納尼亞國王之子瑞里安，是人稱『航海者賈思潘』的賈思潘十世的獨子。因此，女士，我的目的和我的責任，就是要立刻離開陛下妳的宮廷，重返我的國家，還請妳給予我和我的朋友們嚮導，使我們得以安然通過妳的黑暗領域。」

女巫什麼話也沒有說，只是輕輕走過房間，臉和眼睛也一直定定地朝著王子看。等她走到距壁爐不遠的一個嵌在牆上的箱子旁邊，她把它打開，拿出一把綠色的粉末。然後把粉末丟到火上，火並沒有立刻變得很旺，但是卻有一股香甜而且讓人昏昏欲睡的味道飄出來，在接著的對話當中，這味道越來越濃，充塞了整個房間，也讓人越來越難思考。接著她拿出一個挺像是曼陀林的樂器，開始用指頭撥彈——彈出一種平穩單調的琤琤聲音，聽了幾分鐘以後，你根本就不會注意到它。但是你越不注意到它，它進到你的腦子裡和血液裡的就越多。這也會使得你很不容易去思想。彈了一段時間以後（而現在那芳馨的味道也很濃了），她就開始用一種甜美而平靜的聲音說話了。

「納尼亞？」她說，「納尼亞？我時常在大人你發狂的時候聽你提到這個名字。親愛的王子，你病得很重。世界上沒有一個地方叫納尼亞！」

「有的，是有的，夫人！」泥桿兒說，「要知道，我剛好一輩子都住在那裡呢。」

「的確，」女巫說，「那請告訴我，那個國家在哪裡？」

「在那上面，」泥桿兒勇敢地說，還指了指頭上，「我——我不知道確實的地方在哪裡。」

「怎麼會呢？」女王說，發出一種輕柔的悅耳笑聲。「你是說在我們屋頂的石頭和灰泥中間有個國家？」

「不是，」泥桿兒說，有點艱難地恢復平常的呼吸。「那是在『上界』。」

「請你說說看，這個……你是怎麼稱呼它的呀？……這個『上界』又是個什麼東西？在哪裡？」

「哎呀，別鬧了，」史瓜說，他正辛苦地要抗拒這甜甜的氣味和琤琤琴聲發出的魔法。「好像妳不知道似的！就在上頭呀，那裡可以看到天空、看到太陽和星星。咦？妳自己也去過那裡的呀！我們在那裡遇見過妳呢。」

「拜託你行行好吧，小兄弟，」女巫笑了起來（你不可能聽過比這更可愛的笑聲了）。「我不記得見過呢。不過我們在夢裡倒常會在奇怪的地方遇見我們的朋友。除非所有人做的夢都一樣，否則你不可能要別人也記得你的夢。」

「夫人，」王子厲色地說，「我已經告訴陛下妳，我是納尼亞國王之子。」

「是的，親愛的朋友，」女巫用一種安撫的聲音說，彷彿在遷就一個小孩一樣，「你也會是自己幻想中的許許多多國度裡的國王呢。」

「我們也去過那裡。」姬兒脫口而出。她因為自己能夠感覺到魔法每一分鐘都更控制住她而很生氣。但是當然啦，她仍然能感覺到，這就表示魔法還沒有完全發揮作用。

「而妳也就是納尼亞的女王嘍，小美人兒？」女巫用同樣那種半哄半嘲弄的口氣說。

「我才不是哩！」姬兒跺著腳說，「我們是從另一個世界來的。」

「嘿，這個遊戲比那個更有意思啦！」女巫說，「小姑娘，妳告訴我，這個另一個世界在哪裡？那個世界和我們這個世界之間要靠什麼車船來往呀？」

當然，一大堆東西立刻湧進姬兒的腦袋裡：實驗學校、阿黛拉・潘尼法德、她自己的家、收音機、電影院、汽車、飛機、配給票、排隊……但是這些似乎都模糊不清又遙遠。（**琤——琤——琤**——女巫的樂器發出這樣的弦音。）姬兒記不起來我們世界裡這些東西的名字。而這回她腦子裡並沒有想到她被魔法迷住了，因為此刻魔法已經發出完全的效力，而當然啦，你越是被迷住，你就越是相信自己根本沒有中魔法。

她發現自己在說（同時她能說出這話也多麼讓她輕鬆呀！）：「對，我想另外一個世界一定是夢。」

「對呀。的確是一場夢。」女巫說，但仍然撥著琴弦。

「是啊，全都是夢。」姬兒說。

「從來也沒有這樣一個世界存在過。」女巫說。

「對，」姬兒和史瓜說，「從來沒有這麼一個世界。」

「除了我的世界以外，從來沒有別的世界。」女巫說。

「從來沒有別的世界，除了妳的世界以外。」他們說。

泥桿兒仍然頑強抵抗。「我不清楚你們說的世界是什麼意思，」他說，口氣像個沒有足夠空氣可以呼吸的人。「不過妳儘管彈那個琴彈到手指頭都斷了，妳還是不能讓我忘記納尼亞，和整個『上界』的。我們再也不會看到它了，我相信。妳很可能會把它毀掉，把它變得跟這裡一樣漆黑。這是最最可怕的事了。但是我知道我曾經到過那裡。我看過布滿星星的天空。我看過太陽在早晨從海上昇起，到夜裡就沒入山後頭。我也看過它高掛在中午的天空，因為太耀眼而使我無法直視。」

泥楫兒的話非常具有振奮人心的效果。另外三個人全都又呼吸了起來，彼此對望，像是剛睡醒的人一樣。

「嘿，它是在的呀！」王子叫道，「當然嘍！願亞斯藍保佑這位誠實的沼澤人。這幾分鐘我們全在睡夢中。我們怎能忘了它呢？當然，我們全都看過太陽。」

「哎呀，是的嘛！」史瓜說，「做得好，泥楫兒！你是我們當中唯一頭腦清楚的，我相信。」

這時候傳來女巫的聲音，那是種溫柔的呢喃聲，像是在一個昏昏欲睡的夏日午後三點鐘，一座古老花園的高榆樹上斑鳩的叫聲。這聲音說：

「你們說的這個『太陽』是什麼？這詞有什麼意義嗎？」

「是呀，是有意義的呀。」史瓜說。

「你們能告訴我那是什麼樣子嗎？」女巫問道（琴弦發出琤琤的聲音）。

「請容我向陛下說明，」王子冷靜而且有禮貌地說，「您看到那盞燈了嗎？

它是圓形的，黃色，給整間房間光亮，而且還掛在屋頂上。而我們稱作太陽的東西，就像是那盞燈，只是要更大更亮。它給整個『上界』光亮，高掛在天空。」

「高掛在哪裡，大人？」女巫問。而他們正在思索要怎麼回答她的時候，她又發出溫柔的銀鈴般的笑聲並接著說：「你們看吧！當你們想要想清楚這個太陽是什麼樣子的時候，你們就是沒辦法告訴我了。你們只能告訴我說它像燈。你們的太陽是一場夢，這場夢裡沒有一樣東西不是模仿燈而來。燈是真實的東西，『太陽』卻只是個故事，一個小孩子的故事。」

「是的，現在我明白了，」姬兒用一種沉重而且沒有希望的語氣說，「一定是這樣的。」她說這話的時候覺得很有道理。

女巫緩緩而且嚴肅地又說了一遍：「沒有『太陽』這種東西。」他們全都一語不發。她又重複一遍，口氣更是溫柔、深沉。「沒有『太陽』這種東西。」過了一段時間，四個人在心中做過一番掙扎之後，也全都異口同聲地說：「妳的話沒有錯。沒有『太陽』這種東西。」放棄堅持，說了出來，可真讓人好輕鬆呀！

「從來也沒有『太陽』這種東西。」女巫說。

「是的。從來也沒有『太陽』這種東西。」王子、沼澤人和孩子們附和說著。

過去幾分鐘當中，姬兒一直感覺有樣東西她必須不計任何代價記起來。現在她記起來了，但是要說出口卻是萬般困難。她只覺得嘴唇上像有好重的東西壓著。最後她似乎耗盡力氣開口說：

「還有亞斯藍。」

「亞斯藍？」女巫說，這時她略微加快了撥弦的速度。「多好聽的名字呀！那是什麼意思？」

「他是一頭偉大的**獅子**，召喚我們離開我們的世界，」史瓜說，「並且派我們到這裡尋找瑞里安王子。」

「『獅子』是什麼？」女巫問。

「噢，討厭！」史瓜說，「妳不知道嗎？我們要怎麼跟妳形容呢？妳有沒有看過貓？」

「當然看過，」女王說，「我很喜歡貓呢。」

「呃，獅子有一點——只有一點點喔——像隻大貓，還有鬃毛。最起碼，那不像是馬的鬃毛，你知道，而是比較像是法官戴的假髮那樣。而且獅子是黃色的，非常非常非常地勇猛。」

女巫搖搖頭。「我看哪，」她說，「你們形容你們所謂的那個『獅子』，不會比你們形容那個『太陽』要高明到哪兒去。你們看過燈，所以你們就想像有一個更大更亮的燈，還稱它作『太陽』。你們看過貓，所以現在你們要有隻更大更好的貓，還要叫牠作『獅子』。這是個很不錯的假想故事，只是說實在的，如果你們再年輕一點，會比較合適一點。而再看看你們的虛構故事裡放進去的，全都是從我這個真實世界裡抄襲而來的東西，我這個世界才是唯一的世界。不過就連你們這兩個孩子，玩這種遊戲也嫌太大了。至於你，我的王子大人，你已經是個成年人了呢，真丟臉！你玩這種遊戲不覺得慚愧嗎？來吧，你們全部。把這些孩子氣的把戲丟開。我在真實世界裡有工作給你們做。世界上沒有納尼亞、沒有『上界』、沒有天空、沒有太陽，也沒有亞斯藍！現在你們全都去睡覺。我們明天再開始過一種比較聰明的生活吧。但是首先，大家去睡覺，睡個沉沉的覺，枕著柔軟的枕頭，去睡一個沒有愚蠢夢境的覺吧！」

王子和兩個孩子垂著頭站在那裡，他們臉頰漲紅，眼睛半閉，全身的力量都消失了，魔法幾乎已經完全發揮作用。但是泥桿兒卻一邊拚命集中所有的力量，一邊走到壁爐前。然後他做了一件非常英勇的事。他知道這件事傷到他的程度不會像傷到人類那樣的嚴重，因為他的腳（他是光著腳的）像鴨腳一樣有蹼，又硬，而且是冷血的。但是他知道這麼做也是夠傷他了。果然如此。他用光著的腳去踩爐火，把大部分的火在平坦的火爐地面上磨成煤灰。於是立刻發生了三件事情。

第一，那芳馨的濃烈氣味淡了許多。他雖然沒有把火全踩熄，但是也熄了大半，而剩下的火聞起來大部分是燒焦的沼澤人肉的味道，這味道可一點也沒有魔法的力量，反而使每個人的腦子立刻清楚多了。王子和兩個孩子抬起頭，睜開眼睛。

第二，女巫用和之前的甜美聲音完全不同的可怕聲音大喊：「你在做什麼？臭泥巴人，你膽敢再碰我的火看看，我非把你血管裡的血變成火不可！」

第三，疼痛本身使得泥桿兒的腦筋一時間變得非常清楚，他也確實知道自己真正在想什麼了。化解某些魔法，沒有比疼痛的震驚更棒的方法了。

「我再說一句話，女士，」他從爐火前走回來，因為疼痛而一跛一跛地走。「再說一句話。妳說的話都很對，我相信。我這個人凡事喜歡往壞處想，然後再用樂觀的態度去面對，所以我不會否認妳說的話。但即使是這樣，我還是有件事情要說。假設那些事情——草木啦、太陽啦、月亮啦、星星啦，和亞斯藍——只是我們夢到的，或者是編造出來的，那我只能說，那些編造出來的東西似乎比真實的東西更重要。要是妳這個黑洞的王國是真實的，哎呀，那我倒覺得它可真是個可憐的世界呢。如果妳想一想，這還真是件好笑的事。如果妳說得對，我們只是小娃娃在編造一個遊戲，然而四個小娃娃玩出來的遊戲卻能夠造出一個想像的世界，把妳的真實世界打敗。這正是我要站在這個想像的世界這一邊的理由。即使這個世界並沒有亞斯藍在領導，我還是要站在它那邊。即使沒有納尼亞這個國度存在，我也要盡量像個納尼亞人一樣地生活。因此，非常感激妳善心招待我們晚餐，如果這兩位男士和這位年輕女士準備好了的話，我們要立刻離開妳的宮廷，在黑暗中出發，終其一生去尋找『上界』。我們的生命不會很長，我認為，但是如果世界是妳所說的那麼個無聊的地方，那這點損失算不了什麼。」

「噢，萬歲！泥桿兒最棒了！」史瓜和姬兒叫道。

但是王子突然大喊：「當心哪！小心女巫！」

一看之下，他們的毛髮幾乎都要倒豎起來。

那個樂器從她手中掉落。她的兩條手臂看起來像是綁在身體兩側上，兩條腿互相糾結著，兩隻腳已經不見了。長長的綠裙變厚變硬，似乎和她纏在一起而形成綠色肉的扭動的兩腿合為一體。而這根扭動的綠色肉柱彎曲、擺動，像是沒有關節一樣，再不就是處處都是關節。她的頭伸到好遠的地方，而她的鼻子雖然越來越長，但是臉上其他部位卻似乎都消失了，只剩下她的眼睛。現在那是一雙巨大而且火紅的眼睛，沒有眉毛也沒有睫毛。寫下這些事情需要花點時間，但是發生得實在太快，所以你只張眼看，你還沒有來得及做任何事，變化已經結束了。而女巫變成的這條大蛇——像毒藥一般的鮮綠，像姬兒的腰一樣粗的蛇身——已經用牠那噁心的身體把王子的兩條腿纏上兩、三圈了。另一圈蛇身像閃電般飛快躥過來，打算把王子拿著劍的手臂和身體纏在一起，但是王子及時舉起兩條手臂，於是這個活結就只繞住王子的胸口，準備箍緊的時候把他的肋骨像木柴一樣掰斷。

這時候王子左手抓住蛇的頸子，拚命捏擠牠，要讓牠窒息。如此一來，蛇的臉（如果你還能說那是張臉的話）就和他的臉距離大約五吋。分岔的蛇芯子可怕地又伸又吐，但卻碰不到他。他用右手把劍先往後舉，準備用盡全力往前砍去。與此同時，史瓜和泥桿兒也都拿出各自的武器，衝過去幫他的忙。三把劍同時砍下去：史瓜的劍（甚至還沒有刺穿蛇身的鱗片，所以根本沒有什麼用處）砍到王子手下方的蛇身，而王子和泥桿兒兩人都砍到蛇的脖子。即便這樣還沒能殺死牠，不過牠纏繞著瑞里安胸口和兩條腿的身子卻漸漸鬆開，他們一砍再砍，終於砍掉了蛇的腦袋。這個可怕的東西死了好久以後，都還在盤繞、移動，而這裡的地面，可想而知，簡直是一塌糊塗。

王子回復了平靜的呼吸說：「各位，我非常感謝你們。」之後三個打勝仗的人站在那裡互望著，不住地喘著氣，好半天都沒有說一句話。姬兒很聰明地坐了下來，十分安靜，其實她心裡想著：「希望我不要昏倒——或哇哇大哭——或是做什麼愚蠢的事。」

「我為母后報了仇。」瑞里安很快地又說，「這一定是多年前我在納尼亞森林裡的泉水旁追的那條蛇。這麼多年來我一直是殺母仇人的奴隸。不過呢，各位，我很高興這個惡女巫終於現了蛇形。否則殺死一個女人既不是我一貫的作風，也不名譽。但是要注意這位女士喔。」他說的是姬兒。

「我沒事的，謝謝。」她說。

「姑娘呀，」王子向她一鞠躬，說道，「妳很有勇氣呢，我相信妳在你們的世界裡也是具有高貴血統的。但是，來吧，這裡還有一些剩下的酒。我們來提個神，互相敬酒，然後再舉杯祝馬到成功吧。」

「這個主意很不錯呢，先生。」史瓜說。

13

失去女王的下界

海水漲起來了！洪水要淹過來了。

讚美亞斯藍，這座城堡是在高的地方，

但是海水淹過來得太快了。

所有人都感覺到他們獲得了史瓜稱作「喘氣時間」的休息。因為之前女巫把門鎖上，規定地底人不能打擾她，所以目前沒有被人闖入的危險。他們的第一要務，當然啦，就是包紮泥桿兒燙傷的腳。他們從王子的臥房裡拿了幾件乾淨襯衫，撕成布條，把餐桌上的奶油和沙拉醬厚厚地塗在裡面，做成相當好的繃帶。繃帶綁好以後，他們就都坐下來吃了點東西，並且討論了逃離下界的計畫。

瑞里安解釋說，可以通往地表的道路有很多，他就在不同的時間裡走過大部分的通道，不過他從來沒有獨自走過，都是和女巫一起，而他總是坐了船航過「無日海」，才能到達那些通道。如果他沒有跟著女巫自己到港口，身邊還跟著三個陌生人，然後上了船，到時候那些地底人會說什麼，沒有人能猜得到。不過他們非常可能會問些教人難以回答的問題。而新的通道呢，也就是為了進攻上界而挖的地道，是在海的這一邊，只有幾哩遠。王子知道它幾乎快完工了，挖掘的地方距離地面的空氣只有幾呎深的土。那裡說不定已經都完工了呢。也許女巫就是回來告訴他這件事，並且要他展開攻擊的。就算不是，他們或許也可以在幾小時內自己挖通——只要他們能夠不受攔阻地走到那裡，只要那邊挖掘的地方沒有人看守。但這正是困難的地方。

「如果你問我的話——」泥桿兒才剛開始說，史瓜就打斷他的話。

「嘿，」他問，「那是什麼聲音呀？」

「我也納悶了好一段時間了呢！」姬兒說。

事實上，他們一直都聽到那個聲音，只是它開始和音量變大都是漸進的，使得他們也不知道是什麼時候開始注意到。有一段時間它只是一種模糊的騷亂，像是輕柔的微風，或是很遠地方的車聲。接著它增強了，像是海水的細語，然後是隆隆聲和唰唰的沖激聲。現在似乎還有一些人聲話語，還有一種不是人聲的平穩咆哮聲。

「哎呀，」瑞里安王子說，「看來這塊沉默的土地總算能夠開口說話了！」他站起來走到窗前，把窗簾拉開。其他人也擠到他旁邊往外看。

他們注意到的第一件事，是一大片紅光。紅光映在他們頭上好幾千呎的下界天頂上，照出大片紅色，使他們可以看到這片凹凸不平的天頂，這天頂可能從創世之初就一直隱藏在黑暗中。而紅光發自這城市的另一邊，使許多冷酷高大的建築在它的背景前顯出幢幢黑影。但是紅光卻也照到許多由它那裡通往城堡的街道上。在這些街道上，有某種非常奇怪的事情發生。那些挨擠著聚在一起、不言不語的地底人不見了，卻有一些人影三三兩兩地來回衝來衝去。他們的動作像是不希望讓人看到一樣：躲在扶牆後的影子裡或是躲在門口，然後迅速跑過空曠的地方，鑽到新的躲藏處。但是對於任何了解地底人的人來說，最奇怪的卻是那聲音。四面八方傳來呼喊聲和尖叫聲。但是港口那裡卻傳來一種低低的咆哮聲，越來越大聲，整個城市已經被撼動了。

「地底人出了什麼事啦？」史瓜說，「是**他們**在叫喊嗎？」

「幾乎不可能，」王子說，「在我身不由主的這些年裡，我從來也沒聽過那些傢伙大聲說話。是什麼新的魔法吧，我相信。」

「那麼那邊的紅光是什麼？」姬兒問，「是什麼東西著火了嗎？」

「如果妳問我的話，」泥桿兒說，「我會說那是地底中央火焰爆發，要形成一個新的火山。我們就算被埋在裡面，我也不會感到奇怪。」

「看那艘船！」史瓜說，「它怎麼會走得那麼快？沒有人在划呀！」

「快看！快看！」王子說，「那艘船已經往港口這邊來了——它走到街上了。快看！所有的船都開進城裡了！我的天哪！海水漲起來了！洪水要淹過來了。讚美亞斯藍，這座城堡是在高的地方，但是海水淹過來得太快了。」

「噢，會發生什麼事啊？」姬兒喊著，「又是火，又是水，而全部的人都在街上躲躲藏藏。」

「我告訴妳這是怎麼回事，」泥桿兒說，「那個巫婆下了一連串的咒語，不管她是什麼時候死掉，她的整個王國也會在同時毀滅。她那種人只要知道殺了她的人會在五分鐘之後被燒死、被活埋，或是淹死，是不會在乎自己死掉的。」

「你說對了，沼澤的朋友。」王子說，「當我們的劍把女巫的腦袋砍下來的時候，也就結束了她的一切魔法，現在地底國要崩解了。我們正看著下界的末日到臨。」

「沒錯，先生，」泥桿兒說，「除非這剛好是整個世界的末日來臨。」

「可是我們難道就只能待在這裡——等嗎？」姬兒倒抽了一口氣問道。

「照我的看法，絕對不行，」王子說，「我要去救我的馬，『黑煤』，和女巫的『雪花』（牠是頭高貴的牲畜，該有一個比較好的女主人），牠們都關在院子的馬廄裡。然後我們得想辦法到高的地方，並且祈禱我們能找到一條通路。那兩匹馬在必要時可以各載兩個人，而如果我們要牠們拚命的話，牠們說不定也能跑在洪水之前呢。」

「殿下您不穿上甲冑嗎？」泥桿兒問道，「我不喜歡**那些人**的動作。」他往下指著街道。每個人也都往下看。好幾十個人（他們現在夠近了，顯然是地底人沒錯）從港口方向走上來。不過他們並不是像漫無目的的人群一樣地走動，倒像是現代在作戰的士兵，又衝又躲著找掩護，不讓人從城堡的窗口看到。

「我不敢再去看那副甲冑的裡面了，」王子說，「我穿戴著它騎在馬上，就像是置身在一座移動的地牢裡，它聞起來還有魔法和奴隸的臭味。不過我願意拿那面盾牌。」

他離開房間，一會兒之後眼中閃著奇異的光芒回來了。

「你們看，朋友們，」他說，一邊把盾牌朝他們伸出去。「一個小時前，它還是黑色的，上頭也沒有圖樣，而現在，你們看！」盾牌變得像銀器一樣光亮，而盾牌上頭卻有個獅子亞斯藍的圖樣，顏色比鮮血或是櫻桃都要紅。

「毫無疑問，」王子說，「這表示亞斯藍將是我們的領導人，不論他是要我們生還是要我們死，就這件事而言全是一樣。現在呢，照我的看法，我們全都應該跪下來親吻他的圖像，然後像是即將暫時別離的朋友那樣，互相握握手。然後我們再下去到城裡，迎向交派給我們的冒險。」

他們全都照王子說的做了。而史瓜和姬兒握手的時候，他說：「再見了，姬兒。很抱歉，我以前膽子小脾氣又壞。我希望妳能安全回到家。」姬兒也說：「再見了，尤斯提。我也很抱歉我之前太差勁了。」這是他們第一次彼此稱呼名字而不是姓，因為在學校裡，他們是不會稱呼對方名字的。

王子把門打開，他們就下樓。三個人握著抽出來的劍，姬兒拿著小刀。宮廷侍衛已經不見了，在王子的樓梯底那間大房間空無一人。那些灰暗陰沉的燈火仍然點著，藉著它們的燈光，他們輕易走過一道又一道的長廊，下了一道又一道的樓梯。城堡外的喧鬧聲在這裡就沒有在上頭的房間裡那麼容易聽到了。房子裡面一片死寂，了無人跡。一直到他們拐過轉角，進到一樓大廳，他們才遇見第一個地底人——那是個又肥又白的東西，長著一張很像豬的臉孔，正在大吃桌上剩下的食物。牠咿咿叫著（叫聲也很像豬），立刻衝到一張長椅下面，又在千鈞一髮的時候把長尾巴一揮，不讓泥桿兒抓到，然後從另一扇門跑開了，速度太快，根本追不上。

他們從大廳走到外頭的院子裡。姬兒曾在假期中上過馬術學校，她剛注意到有股馬廄的氣味（在下界這種地方能聞到，真是非常好、非常實在、非常親切的一種味道），尤斯提就說了：「天哪！妳看！」只見城牆後面某個地方升起一道燦爛美麗的煙火，然後碎成點點綠色星星。

「是煙火呢！」姬兒用困惑的聲音說。

「是呀，」尤斯提說，「不過妳不能想像那些地底的人放煙火是為了好玩！那一定是個信號。」

「而且對我們不是好事，我敢說。」泥桿兒說。

「朋友們，」王子說，「一旦一個人展開像這樣的冒險，他就必須和希望及恐懼道別，否則死亡或是解脫都不能及時挽救他的榮譽和理性。噓！我的美人兒呀，（這時候他打開了馬廄的門）嘿，表親們！穩住，黑煤！輕輕地，雪花！我們可沒有忘了你們喲！」

馬兒被奇怪的光亮和喧鬧聲嚇到了。曾經膽小而不敢走過山洞和山洞間黑洞的姬兒，此刻卻毫不懼怕地走在那些跺著腳、噴鼻息的牲畜之間，在幾分鐘內就和王子一起給牠們上好了馬鞍和韁繩。兩匹馬甩著頭走到庭院中，看起來精神飽滿。姬兒騎在「雪花」背上，泥桿兒坐在她後面。尤斯提也騎上了「黑煤」的背，坐在王子身後。然後在一陣巨大的馬蹄回聲中，他們從大門騎出，來到街上。

「往好處想的話，我們被燒到的危險倒是不大。」泥桿兒往右邊指了指說道。只見幾乎不到一百碼的地方，海水正拍打著屋舍的外牆。

「哇！」王子說，「那裡的路是陡直往下的。那邊的水只淹到城裡最大的山丘的一半高，它很可能在前半個小時裡淹得很近，但在後一個小時就不會再淹到那麼近。我比較害怕的是——」這時候他用手指了指一個長著一對野豬長牙的大塊頭地底人，這人後頭跟著六個有各種體型大小的人，他們才剛從一條巷子裡衝出來，隱到房舍的影子裡，誰也看不見他們。

王子領著他們前進，目標朝著冒紅光的方向，不過略微往左邊一點。他的計畫是繞過那些火（如果那是火的話）走到高處，希望能找到新挖的通道。他和其他三人不一樣，幾乎可以說是很快活的。他邊騎馬邊吹著口哨，還斷斷續續唱著一首關於亞成地的「霹靂手柯林」的老歌。原來他太高興能脫離長久的魔法，所以和其他的危險相較之下倒像是一種遊戲了。但是其他三人卻認為這是趟怪誕的旅程。

他們身後是船隻撞擊、糾纏在一起的恐怖聲音，以及建築物坍塌的轟隆聲。頭上是映照在下界天頂上那大片的火紅色。前方是那神祕的亮光，亮光似乎並沒有變大。而從同樣的方向傳來不曾間斷的嘈雜聲，有叫喊、尖叫、噓聲、笑聲、嘶吼和咆哮；暗黑的夜空中還有各式各樣的煙火。沒有人能猜出這些是什麼意思。城裡比較靠近他們的地方，半被紅光照亮，半被那些陰沉的地精們的各種不同燈光所照亮。但在許多地方這兩種光都照不到，於是就顯得一片漆黑。在這些地方各種地底人的身影飛快地竄進竄出，而他們的眼睛總是盯著這幾個旅人，他們也總是想要不被人看到。他們有大臉有小臉，有魚一般的大眼睛，也有像熊一樣的小眼睛；身上長羽毛的、長剛毛的、長角長牙的、鼻子像鞭繩的、下巴長得像鬍子的，各式各樣。偶爾他們簇擁成太大群或是太靠近他們，這時候王子就會揮劍做出要攻擊他們的樣子。而那些怪物就會怪叫、尖吼、咯咯叫著，躲進黑暗中。

但是等到他們爬過很多陡斜的街道，離洪水已經很遠，也幾乎出了靠近內陸這一邊的城市後，事情才開始變嚴重了。他們現在離紅光很近，幾乎和它同樣高，不過他們仍然看不出它到底是什麼。而在它的照亮下，他們倒把敵人看得清楚了。好幾百個——或許好幾千個——地精全都朝著紅光走去。不過他們並非快速衝向那裡，而他們只要一停下腳步，就會轉過頭去面對著這些旅人。

「如果殿下問我的話，」泥桿兒說，「我會說那些人想要在前面擋住我們。」

「我也是這樣想呢，泥桿兒，」王子說，「而我們絕對不可能從這麼多人當中殺出一條路來。你們聽著！我們沿著那幢房屋邊緣過去，等我們到那裡的時候，你們就溜到它的陰影裡。我和小姑娘會繼續往前走幾步。我相信這些怪物當中會有人跟著我們，他們在我們後面有好多人呢。等怪物走過你們埋伏的地方，你就可以用你的長手活捉一個來。我們說不定可以從他嘴裡聽到真實的情形，或是知道他們對我們有什麼不滿。」

「可是其他怪物難道不會衝過來救被我們抓到的那個嗎？」姬兒的語氣沒有像她努力要表現得那麼沉穩。

「那麼，女士，」王子說，「妳將會看到我們在妳身邊戰死，而妳必須將自己託付給亞斯藍。好啦，好心的泥桿兒，動身吧。」

沼澤人像貓一樣地一溜煙竄進暗影中。其他人在快讓人受不了的一分鐘左右的時間，讓馬兒慢步前進。然後突然在他們身後爆出一連串令人毛骨悚然的尖叫聲，還夾雜著泥桿兒熟悉的聲音，他說：「嘿！別叫喊，不然你**可要**受傷了，懂嗎？任何人都會以為是死了一頭豬喔！」

「抓得好！」王子讚嘆道，立刻把「黑煤」掉過頭，往回走到房屋轉角。「尤斯提，」他說，「拜託你行行好，抓住『黑煤』的腦袋。」然後他下了馬，三個人靜靜瞧著泥桿兒把抓到的獵物拉到光亮處。那是一個看起來最最可憐的小地精，大約只有三呎高。他的頭頂上有一種像是雞冠（不過是更硬一些）的隆起，長著一雙小小的粉紅色眼睛，嘴巴很大，下巴很圓，使他的臉看起來像是小河馬。要不是處在這麼艱難的情況，他們一看到他的長相就會大笑出來了。

「好啦，地底人，」王子站在他面前，把劍尖湊近他的脖子說，「做個誠實的地底人，把話說清楚，你就可以自由離去。想要騙我們的話，你就是死路一條了。我的好泥桿兒呀，你把他的嘴抓得那麼緊，要他怎麼說話呢？」

「是不能說話，而且也不能咬人啦，」泥桿兒說，「如果我有一雙像你們人類那種可笑的柔軟的手（請恕我無禮地這麼說），我現在早就全身是血啦。不過就連沼澤人也會厭倦了被人吃的。」

「喂，小子，」王子對地精說，「你咬一口就會死。讓他張開嘴，泥桿兒。」

「哦——咿——咿！」地底人尖叫著，「讓我走，讓我走，不是我，我沒有做。」

「沒有做什麼?」泥桿兒問。

「就是大人說我**做了**的事情。」怪物回答。

「告訴我你的名字,」王子說,「以及你們地底人今天都在做什麼。」

「噢,求求你,大人,求求你,好心的先生,」地精嗚咽著說,「請答應我,不要把我說的話告訴女王殿下。」

「你說的女王殿下,」王子正色說,「已經死啦!我親手殺了她。」

「什麼?」地精大叫,驚訝地把他那可笑的嘴巴越張越大。「死啦?那個巫婆死啦?而且是大人您親手殺死的?」他大大鬆了一口氣,又說道:「嘿,那麼大人您就是個朋友嘍?」

王子把劍收回一吋左右。泥桿兒讓怪物坐直身體,牠用那雙閃閃發亮的眼睛打量了四個旅人,咯咯笑了一、兩聲,就開始說了。

14

世界的底部

我們什麼也不能做，什麼也不會想。
而她這麼多年來放進我們腦袋裡的，
全都是灰暗的、陰沉的事。

「我的名字叫果哥，」地精說，「我要把我知道的全部告訴各位大人。大概在一個小時以前，我們全都在做我們的工作——我應該說是『她』的工作——而且就像我們年復一年的任何一天裡那樣的難過和安靜。然後傳來好大的轟然聲響。每個人一聽到這個聲音就對自己說，我好久沒有唱歌、沒有跳舞、沒有放煙火了，為什麼呢？而每個人都在想：嘿，我一定是被下了咒語了。然後每個人都對自己說：我要是知道我為什麼要搬這堆貨就好了，而我可不要再往前搬一步了，就這麼辦！於是我們全把我們的袋子、包袱和工具丟下。然後每個人轉過身，看到遠處那好大的紅光。而每個人都對自己說，那是什麼呀？然後又告訴自己說，地上有裂口，有道溫暖的亮光從『最深地』裡冒出來，『最深地』在我們下面一千噚的地方。」

「天哪！」尤斯提嘆道，「這下面還有別的土地嗎？」

「噢，是的，大人，」果哥說，「那是美好的地方呢，我們叫它作『拜森地』。我們現在所在的這個地方、這個女巫的國家，是**我們**叫做『淺地』的地方。這裡離地面太近了，根本不適合我們，噁！你還不如乾脆住到外面，住到地上算了！你知道，我們全都是拜森地來的可憐地精，是被女巫用魔法召喚過來替她做事的，可是我們全都不記得了，一直到那聲轟隆聲響起來，咒語破解為止。除了女巫放進我們腦子裡的事情以外，我們什麼也不能做，什麼也不會想。而她這麼多年來放進我們腦袋裡的，全都是灰暗的、陰沉的事。我幾乎都忘了要怎麼開玩笑或是跳首快活的舞了。但是那爆炸聲一起，出現裂口，海水也上漲的那一刻，這些全都回來了。所以我們當然全都要盡快走下裂口，回我們自己的家鄉。你可以看到那邊他們都在放煙火啊、倒立啊，尋快活。如果諸位大人肯讓我過去加入他們，我會非常感謝各位的。」

「我認為這簡直是太棒了，」姬兒說，「我真高興在我們砍掉女巫腦袋的時候，不單是讓我們自己自由，也讓地精們自由了！我也很高興他們不是真的那麼恐怖和陰沉，就像王子也不是真的像從前那樣——呃，像看起來那樣。」

「這是很好沒錯，波爾，」泥桿兒謹慎地說，「可是我不覺得這些傢伙看起來像是只是要逃走的樣子。如果妳問我的話，我認為那看起來比較像是軍隊的隊形呢。你敢看著我的臉，果哥先生，然後告訴我說你們不是在準備打仗嗎？」

「我們當然是在準備作戰嘍，大人！」果哥說，「你知道，我們並不知道女巫已經死了，我們以為她會從城堡裡往外觀察。所以我們想要不被她看到，偷偷溜走。然後你們四位拿著劍騎著馬出來，當然每個人都會對自己說，他們來了，因為他們並不知道你們不是跟女巫一夥的。所以我們決定不顧一切作戰到底，也要比放棄回拜森地希望要強。」

「我敢發誓這是個誠實的地精，」王子說，「放開他吧，泥桿兒。果哥呀，我也和你跟你的同胞一樣被下了咒，才剛剛記起自己的事情呢。現在我再問你一個問題，你知道通到那些新挖地道的路嗎？就是女巫本想從那裡去攻打上界人的那條通道？」

「咿——咿——咿！」果哥尖聲叫著，「是呀，我知道那條可怕的路。我可以帶你們去通道開始的地方。不過如果大人您要我陪你們一起去的話，那是沒有用的，我寧可死都不願意去。」

「為什麼？」尤斯提急切地問，「那地方有什麼可怕？」

「太靠近地面，靠近外頭，」果哥戰慄著說，「那是女巫對我們做的最糟糕的事了。我們本來是要被帶到空曠的地方——到世界的外頭去。他們說那裡根本沒有頂，只有一大片可怕的空盪盪的東西，叫做天空。那通道已經挖了好遠，只差幾鋤就可以鑽出去了。我不敢走近那裡。」

「萬歲！這才像話嘛！」尤斯提大叫。

姬兒說：「可是上頭一點也不可怕呀。我們喜歡那裡。我們生活在那裡。」

「我知道你們上界的人在那裡生活，」果哥說，「不過我以為那是因為你們找不到路進到地底下呢。你們不可能真的會**喜歡**吧——在世界的頂上像蒼蠅一樣四處爬行！」

「你馬上帶我們去那條路那邊怎麼樣呀？」泥桿兒說。

「快快前去吧！」王子叫道。於是全部的人再次出發。王子騎上他的戰馬，泥桿兒也上到姬兒身後，由果哥帶路。果哥一邊走一邊大喊著好消息，也就是女巫已經死了，而這四個上界人並不危險。聽到他喊話的人再喊給別人聽，因此幾分鐘內整個下界迴盪著叫喊、喝采聲，成百上千個地精們，有的跳著、有的橫翻觔斗、有的倒立、有的玩跳背、放大型煙火，他們全都擠過來，圍著「黑煤」和

「雪花」。王子只得也說出他自己被下咒語而解脫的故事，至少說了十來遍。
就這樣，他們來到地下裂口的邊緣。這道裂口大約有一千呎長，兩千呎寬。他們下馬，走到邊邊，往下頭看。一股強力的熱氣噴到他們臉上，還夾雜著一種他們從沒有聞過的味道。這味道很濃、很刺鼻，讓你想要打噴嚏。裂口的深處非常亮，起初把他們的眼睛都看花了，什麼也看不見。等到他們習慣了以後，他們依稀可以看出下面有一條火河，河的兩岸有像是田地和一種教人無法忍受的火熱光亮的樹叢之類的——不過和河裡的火比起來，這些還算是暗的呢。那裡有藍色、紅色、綠色、白色，全都混在一起：熱帶陽光在正午時分透過一面美麗的彩繪玻璃窗照下來，或許就會有相同的效果。在裂口下凹凸不平的內側壁上，有上百個地底人正往下爬去，在那熾熱的亮光映照下，只見到黑壓壓的一片。
「各位大人，」果哥說（他們轉頭去看他，最初幾分鐘由於他們眼睛看花了，所以只看到一片黑），「各位大人，為什麼你們不下去拜森地呢？你們在那裡，會比在外頭上面那個又冷又沒有保護的光禿禿地方要快樂。不然起碼你們下來住上一段短時間嘛！」

姬兒認為別人當然絕不會聽這些提議，但是讓她驚慌的是，她聽到王子竟然說：

「說真的，我的朋友果哥呀，我倒是有一點想跟你一起下去，因為這是很棒的冒險，而且很可能從沒有一個人看到過拜森地，以後再也不會有機會了。而且我也不知道要是過了許多年以後，想到我從前有機會可以去探索地心卻沒去，我自己能不能受得了。但是人類可以生活在那裡嗎？你總不會在那條火河裡頭游泳吧？」

「噢，不會的，大人。我們不游的。只有火蜥蜴住在火河裡頭。」

「你們的火蜥蜴是什麼樣的動物呀？」王子問。

「很難說他們是什麼樣呢，大人，」果哥說，「因為他們白熱得刺眼，你無法看清他們，不過他們很像是小龍。他們會從火裡出來跟我們說話。他們非常會用他們的舌頭，非常機智、能言善道。」

姬兒忙看了尤斯提一眼。她本來非常有把握他不會比她更喜歡爬下裂口這種事，但是她卻看到他的表情變了，她的心為之一沉。他看起來不像實驗學校裡的老史瓜，倒比較像是王子。因為他那些冒險經歷，以及他和賈思潘國王一塊兒航行的日子，此刻全都回到他心中了。

「殿下，」他說，「如果我的老朋友老脾氣在這裡的話，他會說我們要是拒絕往拜森地冒險之行，就是對我們榮譽的重大質疑。」

「在這下面，」果哥說，「我可以帶你去看真正的黃金、真正的白銀、真正的鑽石。」

「胡說！」姬兒很不禮貌地說，「好像我們不知道我們是在最深的礦藏底下一樣！」

「是的，」果哥說，「我聽說過你們地面人稱作礦藏的地殼裡的那些小東西。但是那裡有的只是死的黃金、死的白銀、死的寶石。在地底的拜森地，我們有的是活生生、還會長大的寶石。我可以在那裡摘一把紅寶石給你吃，還可以擠一滿杯的鑽石汁給你喝。你嚐過拜森地那些鮮活的寶藏以後，要你去碰一下那些你們那淺淺的礦藏中冰冷死硬的寶石，你都不會肯的！」

「我父親曾經去過世界的盡頭，」瑞里安若有所思地說，「如果他的兒子去了世界的底層，那會是很美好的事呢。」

「如果殿下您想在父親仍然活著的時候見到他——我想您父親是希望的，」泥桿兒說，「我們這時候也該上路，走到通道那裡了。」

「而我是絕對不要下到那個洞裡，不管誰怎麼說。」姬兒加上一句。

「嘿，如果各位大人真的打算回到上界，」果哥說，「倒是有一段路比這裡還要低。而如果那洪水仍然會淹上來的話，或許——」

「噢，快，快，**快走吧！**」姬兒求道。

「我恐怕一定得這樣了，」王子深深嘆口氣說道，「但是我的心已經有一半是留在拜森地那裡了。」

「拜託你嘍！」姬兒求道。

「路在哪裡？」泥桿兒問。

「那條路上一路都有燈火，」果哥說，「大人您可以看到裂口那一頭就是路的起點。」

「那些燈火會亮多久？」泥桿兒問。

就在這時候，裂口深處傳出嗞嗞的燃燒聲音，就像是烈火的聲音一樣（事後他們猜想那會不會是火蜥蜴的聲音）。

「快！快！快！快過去，快過去！」那個聲音說，「裂口要關閉了。要關閉了。要關閉了。快！快！」同時間，地上的石頭發出震耳欲聾的嘰嘎聲移動著。就在他們的注視下，這個開口已經變窄了。到得晚的地精從四面八方衝過來，根本等不及爬下石塊，就直接頭下腳上地往下衝，但或許是因為從底下往上噴的熱氣太猛了，或者是有別的理由，你可以看到他們像是樹葉一樣慢慢往下飄落。飄落的地精們越來越密，直到黑壓壓的一片幾乎遮蔽了火紅的河流和活生生的寶石叢為止。

「各位大人，再見了，我走啦！」果哥大喊一聲，縱身往下跳。外頭的地精只剩幾個跟在他身後往下跳。如今裂口不比一條溪流寬，又變得像郵筒的投信口那麼窄，接著它變成一道非常明亮的綠，最後，在一陣像是載有上千件貨物的火車撞上上千個緩衝器的震撼中，石塊的縫隙完全密合了。那令人瘋狂的火熱氣味也消失了。這些旅人被獨自留在比以前更黑暗的下界。黯淡陰沉的燈光照出路的去向。

「好啦，」泥桿兒說，「我看哪，十之八九我們已經待得太久了，但是我們不妨還是試試看。我相信那些燈火會在五分鐘內熄滅。」

他們催促馬兒慢步小跑，於是他們優雅地走在昏暗的路上，發出很大的聲音。但是路幾乎是立刻就變成下坡路。要不是他們看到山谷的另一邊，那些燈一路從下往上連過去，一直到眼睛看不到的地方，他們會以為果哥讓他們走錯了路呢。但是在谷地，那些燈光是照在流動的水面上。

「快點！」王子喊道。他們快馬衝下山坡。即使是五分鐘之後，這谷底的情況也會很糟糕，因為潮水正像水車引出的水流一樣往上漲，而如果必須要游泳的話，兩匹馬幾乎不可能過得了。不過現在仍然只有一、兩呎深，而且雖然水流繞著馬腿打轉，他們倒還是安全地抵達了谷地的另一邊。

接著他們展開了疲累而緩慢的上坡路，前面除了一直通往上方目力可及之處外的黯淡燈火之外，什麼也沒有。他們往回看，就看到水波漫淹上來。下界的所有山丘現在都變成島嶼，只有在這些島上的燈還留著。每一刻都有某個遠處的燈光消失。很快地，除了他們正在走的路以外，到處都會是完全的黑暗，而就連他們走過的比較低的路，雖然還沒有被毀滅掉，但是燈火已經照在水面上了。

雖然他們有相當充分的趕路理由，但馬匹卻不能沒有休息地一直走下去。於是他們暫時停了一下，在靜寂中他們聽到水波的拍打聲。

「我在想，那個叫什麼名字的——時間老人——有沒有被這大水沖走？」姬兒說，「還有那些奇怪的沉睡的動物？」

「我不認為我們有那麼高，」尤斯提說，「妳不記得我們是怎麼樣走下山才到達『無日海』嗎？我想大水應該還沒有到『時間老人』的洞口。」

「或許吧，」泥桿兒說，「我對這條路上的燈比較有興趣。它們看起來有點黯淡，不是嗎？」

「它們一直是這樣的呀。」姬兒說。

「啊，」泥桿兒說，「不過它們現在比較綠了。」

「你不會是說你認為它們要熄滅了吧？」尤斯提大叫。

「呃，不管它們是怎麼弄的，你總不能指望這些燈能亮一輩子吧！」沼澤人回答，「但是別洩氣，史瓜。我也注意到大水了，我想它不會很快淹上來。」

「朋友啊，」王子說，「如果我們找不到路出去的話，這也沒什麼可安慰的吧？各位，請寬恕我吧。該怪我的驕傲和奇思異想，才會在拜森地的入口處耽擱了我們全體。現在，我們繼續上路吧。」

之後的一個小時，姬兒有時候覺得泥桿兒說到燈的話沒有錯，有時候又認為那只是她的想像。同時這裡的地勢也變了。下界的天頂已經很近了，即使在陰暗的燈光下，他們也能相當清楚地看到它。他們也看出下界那大片凹凸不平的內壁越來越靠近。事實上，這條路正把他們帶往一個很陡的通道。他們開始走過鑿子、鏟子、手推車等顯示挖掘工人最近還在工作的一些東西。只要你能確定自己可以出得去，這些倒是很令人振奮。但是想到要走進一個會越來越窄、越來越難回頭的洞裡，卻教人非常不快。

最後這個「天頂」終於低到泥桿兒和王子的頭部都撞上了。於是眾人下了馬，牽著馬走。這裡的路十分不平，必須小心翼翼踩著步子。姬兒就是這樣才注意到四周越來越暗的。這一點是毫無疑問的。其他人的臉上在綠色的光線下顯得怪異恐怖。然後突然間，姬兒（她忍不住）發出一聲小小的尖叫，前面的一盞燈熄了，在他們身後的一盞燈也滅了，於是他們置身在完全的黑暗中。

「要勇敢啊！朋友們，」黑暗中傳來瑞里安王子的聲音，「不管我們是死是活，亞斯藍都會是我們的好主人。」

「沒錯，先生，」泥桿兒的聲音說道，「而且要記住，被困在地底下總是有個好處：省了喪葬費啦！」

姬兒保持緘默。（如果你不想要別人知道你有多害怕，這麼做永遠是最聰明的，因為你的聲音會洩露你的恐懼。）

「與其站在這裡，不如繼續往前吧！」尤斯提說，姬兒聽到他話裡的顫抖聲，就知道自己不敢說話有多麼聰明了。

泥桿兒和尤斯提先走，他們把兩手往前伸直，以免撞到什麼，姬兒和王子牽著馬跟在後面。

「我說呀，」過了很久以後，傳來尤斯提的聲音，「是我的眼睛怪怪的，還是上面那裡有一片光亮？」

還沒有任何人來得及回答，泥桿兒已經喊出來了：「停！我碰到死路了。而這些是泥土，不是石頭。你剛剛說的是什麼，史瓜？」

「亞斯藍保佑！」王子說，「尤斯提說得沒錯。這裡是有一種──」

「可是那不是白天的光亮，」姬兒說，「那只是一種冷冷的藍色光。」

「但是也比什麼都沒有的好，」尤斯提說，「我們能不能走到那上面？」

「它不在我們頭頂上，」泥桿兒說，「而是在我們上面，不過它是在我撞上的這道牆的上面。妳看怎麼樣呀，波爾？妳踩到我肩膀上，看看能不能上到那裡去好不好？」

15
姬兒不見了

所有的叫聲、那興奮的跳躍和快活的舞蹈、
那熱切的握手、親吻和彼此的擁抱熱烈展開，
姬兒不由得湧上了淚水……

這一小片光亮並沒有照到他們站的地方的任何東西。其他人只能聽到姬兒想爬上沼澤人背上的聲音，卻看不到。這也就是說，他們聽到他說：「妳用不著把手指頭戳到我眼睛裡。」還有：「妳的腳也別踩進我嘴裡。」還有：「這還差不多。」以及：「好啦，現在我要抓住妳兩條腿，這樣妳的手才可以放開，而把身體靠穩了。」

然後他們抬頭看，不久就看到姬兒的腦袋擋在那團光亮前。

「怎麼樣啊？」他們全都焦急地往上頭喊道。

「這是個洞，」姬兒的聲音喊著，「如果我再高一點點，就可以鑽出去了。」

「妳從洞口看到什麼？」尤斯提問。

「還看不到什麼，」姬兒說，「我說呀，泥桿兒，你放開我的腿，這樣我就可以不用坐在你肩膀上，而是站在肩膀上頭。我可以扶住洞口邊緣站得穩的。」

他們可以聽到她移動的聲音，然後也看到她擋在昏灰色洞口前的大半個身體，事實上是她的腰部以上呢。

「我說——」姬兒才開始說，卻突然間被自己的叫聲打斷了，這不是尖銳的叫聲。聽起來比較像是她的嘴巴被蒙住或是被什麼東西塞進去了一樣。之後她能發出聲音了，而且她似乎拚命大聲地喊話，但是他們卻聽不到。這時候，有兩件事同時發生：那團光亮被完全遮住了一、兩秒的時間，以及他們同時聽到一種扭打、掙扎的聲音，和沼澤人喘著氣大叫的聲音：「快！來幫忙！抓住她的腿。有人把她拉上去了。那裡！不對，這裡！來不及了！」

洞口和充滿洞口的那團冷冷的光亮，此刻再次毫無遮蔽。姬兒不見了。

「姬兒！姬兒！」他們狂亂地叫著，但是沒有人回答。

「你們為什麼就不能抓住她的腳呢？」尤斯提說。

「我不知道耶，史瓜，」泥桿兒哀嘆著說，「我相信是生下來就不合時宜吧。這是命。命中注定是波爾該絕，就像我命中注定要在哈方城吃能言鹿一樣。當然，我不是說我也沒有錯。」

「這是我們遇到最大的恥辱和悲哀，」王子說，「我們把一位勇敢的女士送到敵人手裡，自己卻安全地躲在後面。」

「別**那麼**悲觀嘛，先生，」泥桿兒說，「我們也沒有那麼安全，除了會在這個洞裡餓死之外。」

「我在想，**我**的身體夠不夠小，可以像姬兒一樣鑽出去？」尤斯提說。

姬兒真正遇到的事是這樣的：她剛把頭從洞裡伸出來，就發現她正在往下看，好像她是從樓上的窗子往下看，而不是從地板上的活門往上看。由於她在黑暗中太久，所以最初她的眼睛還沒辦法看清楚，只知道她不是看到一個她渴望看到的陽光普照的世界。這裡的空氣似乎冷得要命，光線也是淡淡的藍光。這裡也有好大的嘈雜聲音，還有許多白色的東西在空中飛來飛去。她就是在這時候對著下頭的泥桿兒喊，要他讓她踩在他肩膀上。

踩在泥桿兒肩膀上之後，她看得比較清楚，聽得也清楚多了。她聽到的嘈雜聲原來是兩種聲音：一種是好幾隻腳有節奏的踩踏聲；一種是四把小提琴加上三只橫笛和一面鼓合奏發出的音樂。她也把自己的位置弄清楚了。她正從一道陡堤上的洞口往外看，這道堤呈斜坡向下，一直延伸到大約距她有十四呎的地面。每樣東西都很白。有很多人在四處走動。然後她倒抽了一口氣！原來那些人是整潔的小人羊和戴著葉冠、頭髮在腦後飄逸的樹精。起先約有一秒鐘的時間，他們看起來像是在隨意地移動，後來她才看出來，其實他們是在跳舞，而這種舞的舞步和花式都非常複雜，所以你要花點時間才看得懂。然後突然間她彷彿在一陣閃電雷鳴之中想到，原來那淡淡的、藍色的光其實是月光，而地面上那些白色東西其實是白雪。沒錯！頭上那暗黑的冰冷天空中有星星在凝望。跳舞者後方那些高高的黑色東西是樹木。他們不僅終於上到了上界，更進到納尼亞的中心了。姬兒覺得自己簡直要高興得昏倒了，而音樂——狂熱而且甜美，也只有一丁點兒的怪異，相較於女巫充滿邪魔法的琴音，這音樂充滿了美好的魔法——使她更有這種感覺。

說出這一切要花一點時間，但是當然看到它只要很短時間。姬兒幾乎立刻就回頭對下頭其他人喊：「沒事！我們出來了，我們回到家了！我說——」但是她說到「我說」之後就再也沒說下去的原因是這樣的：圍在跳舞者之外的，是一圈小矮人，他們全都穿著自己最好的衣服，大部分是深紅色，有毛茸茸邊的兜帽和金色繐子，還穿著毛茸茸的長統靴。他們繞著圈子轉的時候，全都很認真地丟著雪球。（這些就是姬兒起先看到在空中飛來飛去的白色東西。）他們並不是像在英格蘭的調皮男孩那樣，故意把雪球丟向跳舞者。他們非常精確地配合音樂節拍、瞄得又準，所以如果所有的舞者在正確的時刻待在正確的位置上，就不會有人被打中。這舞叫做「大雪舞」，納尼亞百姓每年都要在下初雪的第一個月夜跳這個舞。當然啦，它是舞蹈，也是一種遊戲，因為只要有個跳舞的人稍微有些閃失，就會被一個雪球打到臉，於是每個人都哈哈大笑。但要是舞者、矮人和樂師們搭配得宜，就可以一連跳上好幾個小時，都不會挨上一記雪球。要是遇到晴朗的夜晚，冰寒加上鼓聲、貓頭鷹的叫聲和月光全都進入他們那狂野的山林血液中，而使得他們的血變得更狂野，他們也會狂舞終宵，直到破曉時分。我真希望你們能親眼看到呢。

讓姬兒的話說到「我說」的「說」就說不下去的，當然就只是從對面一個小矮人手裡丟出來，飛過舞者正中她嘴巴的一顆好大的雪球。她倒是一點也不在意，在那個時刻，就算二十個雪球也減低不了她的興致。但是不管你有多快樂，嘴巴裡塞滿了雪總是不能說話。而等到她經過一番含糊的嗯啊之聲終於能再次開口之後，她在興奮中幾乎忘了，在下面黑暗中的其他人仍然不知道這個好消息。她只是盡量把身體往洞口外伸，對著跳舞的人大喊：

「救命呀！救命呀！我們被埋在這座山裡面。快來把我們挖出來！」

這些納尼亞人之前甚至沒有注意到山坡上有這麼一個小洞，這時當然都很驚訝，於是先是朝幾個錯誤的方向探看，然後才找到聲音的來處。不過他們一看到姬兒，就全都朝她那裡跑去，好多人辛苦地爬上土堤，有十多隻手伸過去要幫她。姬兒抓住這些手，爬出了洞口，頭下腳上的滑下土堤，然後站起來說：

「噢，請快去把其他人挖出來好嗎？除了馬以外，另外還有三個人。其中一個是瑞里安王子。」

她說這話時，四周已經圍了一大群人了，因為除了那些跳舞的人以外，她先前沒看到在一旁觀看人跳舞的，也都跑過來了。松鼠從樹上躍下，貓頭鷹也是。刺蝟用他們的短腿盡快地搖搖擺擺而來。熊和獾踩著比較緩慢的步子跟著而來。最後加入群眾的，是一頭好大的豹子，他興奮地甩動著尾巴。

但是他們一明白姬兒說的是什麼，就全都積極行動了起來。「去拿鑿子和鏟子，兄弟們，鑿子和鏟子。快去拿我們的工具！」矮人們說罷，立刻用最快的速度衝進樹林。「去叫醒鼴鼠，他們是挖洞專家。幾乎和矮人們一樣行呢。」一個聲音說。「她說瑞里安王子的什麼事？」另一個聲音說。「噓！」豹子說，「那個可憐的孩子腦筋不清楚了，迷路在山洞裡了，也難怪。她不知道自己在說什麼。」「沒錯，」一頭老熊說，「嘿，她說瑞里安王子是一匹馬呢！」「不是，她沒說。」一隻松鼠說，口氣很衝。「有，她有說。」另一隻松鼠說，口氣更衝。

「這是真——真的。不——別傻了。」姬兒說。她會這樣說話，是因為她的牙齒冷得打顫。

立刻有一位樹精給她披上一件毛茸茸的大衣，那是一個矮人急忙去拿挖礦工具時弄掉的；還有一個熱心的人羊跑離樹林，去到一個姬兒看到洞口有火光的地方，為她拿了熱的飲料。但是她還沒有回來，所有的矮人都已經帶著鏟子和尖鋤回來，朝著山坡走去。然後姬兒聽到一連串的叫聲：「嗨！你在做什麼？把那劍放下！」和「年輕人，可別那樣！」以及「他是個矮人，不是嗎？」姬兒急忙趕過去，啼笑皆非，因為她看到尤斯提一張蒼白又骯髒的臉從黑漆漆的洞裡伸出來，右手揮舞著劍，對著任何走近他的人作勢要刺過去。

當然啦，過去這幾分鐘裡，姬兒讓尤斯提很不好過。他聽到姬兒大叫，也看到她消失在陌生的地方。他和王子及泥桿兒一樣，認為她是被敵人抓走了。而從洞裡頭往外看，他也看不出那淡淡的、帶點藍色的光是月光。他以為這個洞只是通到另一個山洞裡，而那個山洞裡被鬼魅般的燐光照亮，還滿是天知道什麼樣的下界邪惡怪物。所以當他說動泥桿兒把後背讓他踩著，並且抽出劍、把頭伸出去洞口的時候，他真的是做了一件非常勇敢的事呢。其他人如果能夠的話也會爭先去做的，只是洞口太小，他們鑽不出去。尤斯提比姬兒個頭大了一點點，動作卻笨得多，所以他伸頭出去時撞到了洞頂，把不少雪塊給震落到臉上。於是當他能再次看清楚的時候，他就看到好幾十個人影拚命朝他跑過來，他想要把他們趕走，其實是不足為怪的。

「停，尤斯提，住手！」姬兒叫道，「他們都是朋友呀，你看不出來嗎？我們到了納尼亞了。一切都沒事了。」

而後尤斯提果真看出來了，並且向矮人們道歉（矮人們說沒有關係），於是又有好幾十隻毛茸茸的矮人的粗手拉著他出了洞口，就像幾分鐘前這些手扶著姬兒爬出洞口一樣。然後姬兒急忙跑上土堤，把頭往暗黑的洞口伸進去，把這好消息喊給下頭的人聽。她正轉過身去，就聽到泥桿兒的喃喃聲：「啊，可憐的波爾。這最後一程對她太不堪了。我相信她是腦子壞了。她開始有幻覺了。」

姬兒和尤斯提四手相握，兩人深深吸了幾口自由的夜半空氣。有人為尤斯提拿來一件溫暖的大衣給他穿，又給兩人喝了熱的飲料。他們在喝飲料的時候，矮人們已經把洞口四周山坡上一片長形地面上的積雪和草皮清光，此刻那些尖鋤和鏟子正快活地來來回回，就像十分鐘以前那些人羊和樹精的腳在舞動。才十分鐘呢！然而姬兒和尤斯提卻已經覺得他們在暗黑、高溫、窒悶的地底經歷的所有危險不過只是一場夢。在這裡，在寒冷中，頭上是月亮和好大的星星（納尼亞的星星比我們世界裡的星星離人還要近），四周全是好心快活的臉孔，這些都是你在下界不太能夠相信的事。

他們還沒有喝完飲料，就有十多隻鼴鼠來到了，牠們都是才剛醒來，睡意仍濃，也不怎麼高興的樣子，不過等牠們明白是怎麼一回事了以後，就熱心地加入了。就連人羊也願意幫上點忙，用小推車運送挖出來的土，松鼠們興奮地來回跳著，只是姬兒一直搞不清楚牠們認為自己在做什麼。熊和貓頭鷹給予一些勸告也就滿足了，牠們還不斷問孩子們願不願意到山洞裡（就是姬兒看到有火光的地方）取取暖、吃個飯。但是兩個孩子沒見到朋友們脫困是不肯去的。

在我們的世界裡，沒有人能夠對付這樣子的工作，像是納尼亞的矮人和能言鼴鼠一樣，不過話說回來了，鼴鼠和矮人根本也不把這種事當工作，牠們喜歡挖東西。所以呢，沒多久，他們就在山坡上挖開一個很大的黑色開口。於是，先是那兩條長腿、戴著尖帽子的瘦長沼澤人的身形，接著是牽著兩匹馬的瑞里安王子，兩人從暗黑的洞裡走到月光下——如果你不知道他們是誰的話，這景象倒是挺嚇人的。

泥桿兒一出現，四面八方響起高喊聲：「嘿，是個沼澤人呢——咦？是老泥桿兒呀！——東邊沼澤的老泥桿兒呀！——你都在忙些什麼呀，泥桿兒？——我們還派搜索隊出去找你呢——川卜金大人叫人貼出告示了——還有賞金呢！」但是這些嘈雜聲卻全都同時止住了，就像在吵鬧的宿舍裡，校長打開門後，喧囂聲突然消失那般迅速。因為這時候他們看到了王子。

沒有人對於他是誰有片刻的懷疑。有許多野獸、樹精、矮人和人羊都還記得他被魔法迷住以前的樣子。還有些上了年紀的，甚至還記得他父親——賈思潘國王——年輕時的模樣，看出了兩人的相像。不過我想，不管怎麼樣，他們都會知道是他。雖然他因為長久被囚禁在地底國而變得蒼白，又穿著一身的黑，灰濛濛、頭髮蓬亂、疲憊不堪，但他的表情和神態中有某些東西是絕不會被認錯的。這種神情出現在所有納尼亞的真正國王的臉上。真正的納尼亞國王是依亞斯藍的旨意統治百姓，坐在凱爾帕拉瓦宮彼得大帝的王座上的。所有的叫聲、那興奮的跳躍和快活的舞蹈、那熱切的握手、親吻和彼此的擁抱熱烈展開，姬兒不由得湧上了淚水。他們這趟追尋已經值得所有的痛苦了。

「殿下大人，」年紀最大的矮人說，「我們在那邊山洞裡準備了一些晚餐，以便雪舞結束時——」

「非常樂意呢，老爹，」王子說，「因為從來沒有一個王子、武士、紳士或是熊對食物的胃口，有我們四個流浪者今天晚上的胃口那麼好呀！」

於是所有人開始穿過樹林湧向山洞。姬兒聽到泥桿兒對走過他的人說：「不，不，我的故事可以等段時間。我沒碰過什麼值得說的事情。我想聽聽新鮮事。不用委婉地告訴我，我情願一次就聽清楚了。國王出了船難了嗎？有沒有什麼大火？卡羅門邊界沒有戰爭吧？或是出現幾頭妖龍吧，我也不會感到奇怪的？」所有的動物都大笑起來，並且說：「這不就像個沼澤人嗎？」

兩個孩子幾乎要因為又累又餓而倒下了，但是看到了山洞，洞裡的溫暖，加上火光在洞壁、櫃櫥、杯盤和光滑的石頭地面上跳躍，就像在農莊廚房裡一樣的情景，又使他們清醒了一些。不過他們還是在準備晚餐的時候沉沉睡去了。瑞里安王子就在他們睡著的時候和比較年長也比較聰明的野獸和矮人說起整個冒險的經過。所以現在他們全都明白這是怎麼一回事了：一個惡女巫（毫無疑問，和很久以前帶給納尼亞「長冬」的白女巫是同一類）陰謀策畫了整件事，先是殺害瑞里安的母親，再用魔法迷住瑞里安本人。他們也知道她就在納尼亞正下方的地下挖通道，打算從地底鑽出來，藉由瑞里安去統治它，而他根本想也未曾想過她要讓他當國王（名義上是國王，實際上卻是她的奴隸）的國家，竟是他自己的國家。而從孩子們所敘述的部分看來，他們也明白她和哈方城那些危險的巨人是一夥的。

「而殿下呀，這整件事的教訓是，」年紀最大的矮人說，「那些北方女巫想的永遠是同一件事，但是在不同的年代，她們都有不同的計畫要去達成它呢。」

16
療傷

突然國王的頭在枕頭上往後一仰，樂師們停止吹奏，
四面一片死寂。跪在國王床邊的王子，
這時候把頭趴在父親的身上，哭了起來……

姬兒第二天早上醒來發現自己在山洞裡的時候，有一段很短也很恐怖的時間她以為自己又回到下界了。不過當她發現她是躺在一張用石南鋪的床上，蓋著毛茸茸的斗篷，並且看到一個石造火爐上一團快活的火在劈啪燒著（好像才剛剛生起的火），再遠一些的地方，早晨的陽光從山洞洞口照進來，這時她想起一切快樂的現實了。他們昨晚全擠在這個山洞裡，雖然還沒有結束就非常想睡了，但是卻吃了一頓非常教人開心的晚餐。她隱約有個印象，好像矮人們都擠在火邊，拿著幾乎要比他們還大的煎鍋，還有那嗞嗞的聲音，以及香腸的香味，和更多更多的香腸。而那些香腸也不是一半滿是麵包和黃豆的可憐香腸，而是真正有肉的肥美、多汁的香腸，熱得嗞嗞作響，爆裂開來，微微焦黃。還有一大杯有好多泡沫的巧克力、烤洋芋和烤栗子，還有烤蘋果，蘋果核的地方塞滿了葡萄乾，然後還有冰品，讓你吃完這些熱東西後精神一振。

姬兒坐起來，四下打量。泥桿兒和尤斯提躺在不遠的地方，睡得正熟。

「喂，你們兩個！」姬兒大聲叫著，「你們還不起來嗎？」

「吐呼！吐呼！」在她上方某個地方有一個帶著睡意的聲音說，「該休息一下。小睡一下，可以，可以。不要引起騷亂了。吐呼，吐呼！」

「嘿，我相信哪，」姬兒說，並且抬眼望著山洞角落一座大立鐘頂上站著的一團白色羽毛的東西。「我相信這是高林羽！」

「沒錯，沒錯，」這隻貓頭鷹呼呼地說著，把頭從一隻翅膀下抬起來，睜開一隻眼睛。「我是在大約兩點鐘的時候過來，帶信給王子的。松鼠把好消息告訴我們。帶信給王子。他已經走了。你們也要跟著去。日安——」於是牠的頭又埋下去不見了。

眼看從貓頭鷹那裡得到任何消息是沒什麼希望了，姬兒就站起來，四處尋找有沒有洗臉和吃早餐的機會。但是幾乎是立刻就有一隻小人羊快步跑進山洞，他那山羊的蹄子在石頭地面上發出清脆的喀啦喀啦聲。

「啊！妳終於起來啦，夏娃的女兒，」他說，「妳或許最好把亞當的兒子叫醒。你們必須在幾分鐘之後離開，有兩頭人馬非常好心，願意讓你們騎在他們背上，去到凱爾帕拉瓦宮。」他又壓低了聲音加上一句，「當然嘍，你們知道被准許騎在人馬背上是最最特別，也是從沒有聽過的光榮。我不知道我有沒有聽過有人這麼做過呢。讓他們等就不好了。」

「王子呢？」尤斯提和泥桿兒被叫醒後問的第一句話。

「他要去凱爾帕拉瓦宮見國王，他的父親。」這個叫做歐朗斯的人羊回答。

「國王陛下的船隨時都會到港口。好像是國王的船航行不遠的時候就遇到亞斯藍——我不知道他是在幻境中顯現或者是面對面的相遇——而亞斯藍要他回航，並且告訴他說當他抵達納尼亞的時候，就會發現失蹤很久的兒子已經在等著他了。」

尤斯提現在已經起來了，他和姬兒帶著歐朗斯準備的早餐。泥桿兒則是聽人囑咐，躺在床上。有一隻叫作「雲生」的人馬，是有名的治療師，（歐朗斯都是說「醫生」），要過來為他醫治燙傷的腳。

「啊！」泥桿兒用幾乎是滿足的語氣說，「他會把我的腿從膝蓋以下鋸掉，我也不會感到奇怪。你看著好了。」不過他對於能待在床上倒是挺高興的。

早餐是炒蛋和吐司，尤斯提大吃大喝，好像昨夜沒有吃飽一樣。

「我說呀，亞當的兒子，」人羊用有些敬畏的神情望著尤斯提滿口的食物，

「你用不著**那麼**趕。我想人馬還沒有吃完**他們的**早餐呢。」

「那他們一定是起來晚了，」尤斯提說，「我敢說他們一定是過了十點才起床。」

「噢，不是的，」歐朗斯說，「他們在天還沒亮的時候就起床了。」

「那他們一定是等了很久才吃早餐！」尤斯提說。

「不是的，」歐朗斯說，「他們是一起床就開始吃的。」

「哎呀！」尤斯提說，「那他們早餐吃得很多嘍？」

「嘿，亞當的兒子，你不知道嗎？人馬有人的胃也有馬的胃，而當然這兩者都要吃早餐啦。所以他先是吃麥片粥、彩虹魚、腰子、培根、煎蛋卷、冷火腿、吐司塗上果醬、咖啡和啤酒。之後呢，他就要照顧到馬的部分了，所以要去吃上一個鐘頭的草，最後是熱的飼料糊、燕麥和一袋糖。所以要請一個人馬到家度週末是一件很嚴重的事。真是件非常嚴重的事呢。」

這時候洞口的石頭上傳來一陣馬蹄的敲擊聲，孩子們抬頭一看。只見有兩個人馬站在那裡等他們，其中一個是黑鬍子，另一個是金色鬍子，都飄垂在他們結實強壯的光裸胸前，他們也都微低著頭，好看得到山洞裡面。於是兩個孩子變得非常有禮貌，很快就把早餐吃完。任何人看到一個人馬都不會覺得他很可笑。他們是莊重而氣派的人，充滿了從天上星星學得的古代智慧，不輕易表現喜怒哀樂，但是他們的怒氣一來時，就會像是海嘯般嚇人。

「再見了，親愛的泥桿兒，」姬兒走到沼澤人床前彎身說，「對不起，我們之前罵你是個掃興鬼。」

「我也是，」尤斯提說，「你是全世界最好的朋友。」

「希望我們能再見面。」姬兒加上一句。

「機會恐怕不大，我得說呢，」泥桿兒回答，「我想我也不大可能再見到我那個帳篷小屋了。而王子——他是個好人——但是你想他身體很強壯嗎？住在地底下，身體都會毀掉，我也不會感到奇怪。看起來像是那種隨時都會垮掉的身體。」

「泥桿兒！」姬兒說，「你真是個徹底的烏鴉嘴！你說起話來總是像喪禮一樣的悽慘，但是我相信你是快樂得不得了呢。而你說起話來好像害怕所有事情，但是實際上你卻勇敢得像是——像是一頭獅子！」

「咦，說到喪禮啊——」泥桿兒才開始說，聽到人馬用蹄子在身後踏著的姬兒就做了一件讓他嚇了一跳的事：她把兩臂繞住他細細的頸子，親吻他那張看起來像泥汙的臉，而尤斯提緊緊握了他的手。之後他倆急忙跑向人馬，而這位沼澤老兄再躺回床上，還對自己說：「我倒是沒想到她會這麼做。雖然我也**確實**是個美男子呢。」

毫無疑問地，騎人馬是一件很大的光榮（除了姬兒和尤斯提以外，今天這個世界上恐怕沒有一個活人有這種榮幸），不過卻是很不舒服。因為沒有一個重視自己性命的人敢提議給人馬上馬鞍，而騎在無鞍的馬背上可不是好玩的事，尤其是如果你跟尤斯提一樣，從來也沒有學過騎馬的話。人馬是以一種肅穆、優雅、成年人的方式表現他們的禮貌，而當他們在納尼亞的森林裡小跑步前進時，他們會說話，但是並不會把頭轉過去，他們會告訴孩子們藥草和根莖的屬性、行星的影響、亞斯藍的九個名字和各自的意義，以及這一類的事情。但是不管這兩個人有多麼痠痛、多麼顛簸，他們卻願意付出任何代價讓這趟旅程重來一遍，遠望林間空地和山坡上前晚積雪發著的亮光、遇見會向你道早安的兔子和松鼠和鳥兒、再次呼吸到納尼亞的空氣、聽到納尼亞樹木的話語。

他們來到河邊，在冬天的陽光下，流動的河水明亮而呈藍色，這裡是在最後一座橋下游很遠的地方（這座橋坐落在貝路納這個整整齊齊、有紅色屋頂房屋的小鎮上）。而後他們就搭平底駁船，由渡船夫划著過河了，或者該說是渡船沼澤人，因為在納尼亞，多半的水上和漁釣工作都是沼澤族人在做。他們渡過河之後，沿著河的南岸騎著，很快就到了凱爾帕拉瓦宮。他們到達的那一刻，剛好就看到他們第一次踏上納尼亞土地時看到的那艘鮮豔的船，像隻巨鳥般駛過來。所有的朝臣也再一次聚集在城堡和碼頭之間的草地上，迎接賈思潘國王返家。瑞里安已經換下一身的黑衣，此刻穿著銀色甲冑，披上深紅色的斗篷，頭上沒有戴任何冠飾，站在水邊迎接父親。而矮人川卜金坐在旁邊，在他自己的小小驢車椅子上。兩個孩子看得出他們不可能穿過那麼多群眾走近王子，而且反正他們現在也覺得很害羞。所以他們就問人馬可不可以繼續騎在他們背上一段時間，好越過朝臣的腦袋，看到一切情形。人馬說可以。

大船甲板上傳出一陣銀號角吹出的顫音，飄過水面而來，水手們拋下一條繩索，老鼠（當然是能言鼠嘍）和沼澤人把繩索牢牢綁在岸上，然後他們拉著繩索，讓船靠岸。藏在群眾裡的樂師們開始演奏起莊嚴的凱旋音樂。很快地，國王的大帆船就靠到岸邊，而老鼠們就把跳板搭在船上。

姬兒以為會看到老國王走下跳板，但是似乎有些問題。一位臉色慘白的貴族走到岸上，向王子和川卜金跪下。然後三個人腦袋湊在一起，說了幾分鐘的話，但是沒有人能聽清楚他們說些什麼。音樂仍然在演奏，但是你可以感覺到每個人都變得很不安。然後有四個武士抬著一樣東西緩緩走著，出現在甲板上。等他們開始走下跳板時，你就可以看到他們抬著的東西了，那是一張床，老國王躺在上面，面色蒼白，一動也不動。他們把他放下來。王子在他旁邊跪下來，並且擁抱他。他們可以看到賈思潘國王正舉起一隻手，賜福給他的兒子。於是眾人全都歡呼起來，但是歡呼並不熱烈，因為他們都感覺到有些事不對勁。然後突然國王的頭在枕頭上往後一仰，樂師們停止吹奏，四面一片死寂。跪在國王床邊的王子，這時候把頭趴在父親的身上，哭了起來。

周遭響起議論紛紛的低語聲，還有些來回奔忙的動作，而後姬兒注意到，所有戴著帽子、頭盔或兜帽的人，全都把它摘下來了！尤斯提也是。然後她聽到城堡上有一些窸窣和飄動的聲音，她抬頭看去，看到那面鏞有金色獅子圖樣的大旗已經降了一半。之後，音樂緩緩地、無情地重新響起，帶著哭泣般的弦音和淒涼的號聲，這一回吹奏的曲調令人聞之心碎。

他們兩個都從人馬背上滑下來（人馬沒有注意到他們）。

「我真希望我在家裡。」姬兒說。

尤斯提點點頭，沒有說話，只是咬著嘴唇。

「我來了。」他們身後一個低沉的聲音說。他們回過頭看到亞斯藍這頭獅子，他是那麼的耀眼、那麼的真實、那麼的強壯，使得其他一切相較之下立刻黯然失色。而在短得不到一次呼吸的時間裡，姬兒忘記了納尼亞駕崩的國王，只記得她怎麼樣害尤斯提摔下高崖，她怎麼樣幫倒忙把幾乎所有的指示都搞砸了，以及所有的鬥嘴和爭執。她想要說「我很抱歉」，但卻開不了口。然後亞斯藍用眼光要他倆走近，低頭用他的舌頭碰了碰他倆蒼白的臉，說道：

「不要再想那些了。我不會一直責罵人的。你們已經做到了我要你們去納尼亞做的事了。」

「拜託你，亞斯藍，」姬兒說，「我們現在可以回家了嗎？」

「可以。我來就是要帶你們回家的。」亞斯藍說。然後他把嘴張得好大，用力吹氣，但是這一次他們並沒有在空中飛的感覺，反而像是他們沒有動，亞斯藍的狂猛口氣倒把大船和已逝的國王和城堡、白雪、冬天天空全吹走了一樣。因為這些全都飄向空中，像是縷縷輕煙，而他們卻突然站在明亮的盛暑陽光下，腳下是平坦的草皮，四周是高大的樹木，旁邊是一條清澈的溪流。然後他們才明白，他們已經回到了納尼亞那個世界盡頭外高聳的亞斯藍山上，但奇怪的是，賈思潘國王的葬禮哀樂卻仍然在吹奏著，只是沒有人說得出那是從哪裡傳出的。他們走在溪流旁邊，亞斯藍走在他們前面，他變得那麼美麗，哀樂又是那麼絕望，使得姬兒不知道是何者使她熱淚滿眶。

然後亞斯藍停下了腳步，孩子們往溪裡瞧，只見溪裡河床的金色石子上頭躺著死去的賈思潘國王，溪水在他上方流過，像是水玻璃一般。他那長長的白鬍子在水中漂動，像是水草一樣。三人全都站在那裡哭著，就連獅子亞斯藍也哭了，他的每滴眼淚都要比整個大地更珍貴。姬兒注意到尤斯提既不像是小孩子那樣地哭，也不像男孩子那種想要藏住不教人看見的哭法，而是像個大人一樣地哭。至少這是她所能歸結到最接近的描述了，但是說實在的，就像她說的，在這座山上，人似乎不太有年齡的分別。

「亞當的兒子呀，」亞斯藍說，「你去到那個灌木叢裡去，拔一段荊棘來給我。」

尤斯提照著做了。荊棘有一呎長，像短刀一樣尖利。

「把它刺進我的腳掌裡，亞當的兒子。」亞斯藍說，一邊抬起他的右前掌，朝尤斯提伸過去。

「我一定得做嗎？」尤斯提說。

「是的。」亞斯藍說。

於是尤斯提咬緊牙，把荊棘刺進亞斯藍的腳掌心，於是流出一滴好大的鮮血，紅得比你看過或想像過的任何紅色都還要紅。這滴血濺到國王遺體上方的溪水裡，就在這同一個時刻，哀樂停了。死去的國王也開始變了樣。他的白鬍子先是變成灰色，再從灰變成黃色，然後變短，然後不見了；他凹陷的臉頰變得圓潤而且細嫩，皺紋消失了，兩眼也睜開了，他的眼睛和嘴角掛著笑意，突然他跳了起來，站在他們面前——這是個非常年輕的男人，或者可以說是個男孩。（但是姬兒卻說不出是何者，因為在亞斯藍的國度裡，人是沒有什麼一定年紀的。即使在這個世界，當然啦，也是最笨的孩子才是最孩子氣，而最笨的成年人是最成熟的。）他衝向亞斯藍，雙臂往前摟住他那粗大的脖子，給了亞斯藍一個國王能給的最熱烈的親吻，而亞斯藍也給他一頭獅子能給的最狂熱的親吻。

最後賈思潘轉身對著其他人。他驚喜地大笑了起來。

「嘿！尤斯提！」他說，「尤斯提呀！這麼說來，你的確還是到了世界的盡頭嘍！你在海蛇身上弄斷那把我第二好的劍怎麼啦？」

尤斯提兩手伸向前，往他面前跨了一步，但隨後帶著多少有點驚訝的表情後退了。

「聽著！我說呀，」他結結巴巴地說，「這真是很好。可是你不是——我是說，你不是——？」

「噢，別傻了！」賈思潘說。

「可是，」尤斯提望著亞斯藍說，「他不是已經——呃——已經死了嗎？」

「是的，」亞斯藍十分平靜地說，幾乎（姬兒覺得）像是在笑一樣，「他是死了沒錯。大多數人都死了，你知道。就連我也死了。幾乎沒有人沒死過。」

「噢，」賈思潘說，「我知道你的困擾是什麼了。你認為我是鬼，或是什麼亂七八糟的東西。可是你不知道嗎？如果我現在出現在納尼亞，我就是鬼了，因為我已經不屬於那裡了。但是一個人在自己的國度裡是不可能變成鬼的。如果我到了你的世界裡，我或許也是個鬼。我也不知道。但是現在你既然也在這裡，我猜那也不是你的世界了吧。」

孩子們心中升起很大的希望。但是亞斯藍卻搖搖他那鬃毛蓬亂的頭。「不行，我親愛的，」他說，「當你們再度和我在這裡遇見的時候，你們就必須待下來了。但不是現在。你們必須再回到你們自己的世界一段時間。」

「先生，」賈思潘說，「我一直希望能到**他們的**世界看上一眼。這是不對的嗎？」

「你再也不能得到任何不對的事了，因為你已經死了，孩子，」亞斯藍說，「而你將可以看看他們的世界——他們世界的五分鐘。你不會需要更多的時間把那裡的事擺平的。」接著亞斯藍就向賈思潘解釋姬兒和尤斯提要回去的地方，還告訴他關於實驗學校的事情，他對那些事似乎和他們知道的一樣清楚。

「夏娃的女兒呀，」亞斯藍對姬兒說，「妳到那個樹叢裡摘一根軟樹枝。」她照做了，樹枝到了她的手上，立刻變成一條新馬鞭。

「好，亞當的兒子呀，把你的劍抽出來，」亞斯藍說，「不過只能使用刀背，因為我要你們去對付的，只是膽小鬼和孩子，而不是戰士。」

「你要跟我們一起去嗎，亞斯藍？」姬兒說。

「他們將只會看到我的背。」亞斯藍說。

他領著他們很快地走過樹林，沒走多久，實驗學校的圍牆就出現在他們面前。這時亞斯藍大吼一聲，把天空中的太陽也撼動了，而眼前的圍牆也倒了三十呎之長。他們從牆倒處看去，看到下方學校的灌木叢，再望到體育館的屋頂，這些全都是在他們展開冒險之前的同一個陰沉的秋日天空下。亞斯藍轉向姬兒和尤斯提，朝他們吹氣，並且用舌頭舔了舔他們的額頭。然後他在牆倒處趴下來，把那高貴的臉向著他自己的土地，那金黃色的後背朝著英格蘭。就在這時候，姬兒看到她熟得不能再熟的一些身影穿過月桂樹，朝他們跑過來。

那一夥人大半都在——阿黛拉・潘尼法德和大柯孟德利、艾迪絲・溫特伯樂、「小花」索納、大班尼斯特，和討人厭的蓋瑞特雙胞胎。但是突然他們停了下來。他們的臉色變了，所有的壞心眼、驕傲、殘暴、陰險，幾乎全都消失，而變成唯一的驚懼表情。因為他們看到圍牆倒下來，一頭像是一頭小象那樣巨大的獅子趴在牆倒處，還有三個手上拿著武器、身上穿著閃閃發亮衣服的人朝他們衝過來。他們身上藏著亞斯藍的力量，所以姬兒用她的鞭子抽打女孩們，賈思潘和尤斯提用他們的劍背去攻打男孩子，而這陣揮打太精采了，所以兩分鐘後，所有那些愛欺負人的傢伙全都像瘋了般狂奔，嘴裡還大喊：「殺人啦！法西斯！獅子！**不公平！**」然後，校長（對了，校長是位女士）也跑出來看出了什麼事。當她看到獅子和坍倒的圍牆和賈思潘、姬兒、尤斯提（她竟沒有認出他來）時，她歇斯底里地衝回房裡打電話給警察局，說是有一頭獅子從馬戲團裡逃走，還有逃犯把牆推倒，抽出劍在校園裡作亂。在這些混亂中，姬兒和尤斯提悄悄溜回屋裡，換下他們鮮豔的衣服，穿上平常服裝，賈思潘回到他自己的世界。圍牆在亞斯藍一聲令下恢復了原貌。等警察到達時，沒有發現獅子、沒有看到有圍牆倒塌，也沒有逃犯，只見校長自己像個瘋子一樣，就開始調查這整件事。在調查過程中，關於實驗學校的種種弊端都被一一揭露了，於是有大約十個人被退學。這以後，校長的朋友發現她做不好校長，就讓她去改做督學，管管其他校長，可是他們發現她做督學也做不好，於是就把她弄進了國會，從此以後她倒是過著幸福快樂的日子了。

尤斯提一天晚上偷偷把那些上好的衣服埋在學校地下，但是姬兒卻偷偷把她的衣服帶回家，在下一個假期的化裝舞會穿上了。從那天起，實驗學校裡的情形就好多了，它也變成一所很好的學校。姬兒和尤斯提一直是朋友。

但是在遙遠的納尼亞，瑞里安王子埋葬了父親——「航海者賈思潘」賈思潘十世，舉國為他哀悼。他把納尼亞治理得很好，這片土地在他統治期間十分快樂，不過泥桿兒（他的腳在三個星期後就完好如初啦）卻經常指出，晴朗的早晨會帶來陰濕的下午，你不能指望好日子能長久。山坡上那個洞口仍然開著，在炎熱的夏天，納尼亞人經常會帶著船和燈火下去，在涼爽而昏暗的地底海上行船、唱歌，彼此訴說好幾噚之下那些城市的故事。如果你有幸能夠去到納尼亞，千萬別忘了到這些山洞裡瞧一瞧。

納尼亞傳奇

全紀錄

《納尼亞傳奇》原著小說在地球上
銷售超過 100,000,000冊

英國年度票選 打敗哈利波特
榮登最佳讀物第一名

被翻譯41種以上的語言，
在大人與孩子的讀書計畫中掀起閱讀風潮

★重量推薦

【空中英語教室及救世傳播協會創辦人】彭蒙惠

【靈糧神學院院長】謝宏忠牧師

【名作家】楊照

【名譯者】倪安宇

【基督之家】寇紹恩

【兒童文學作家】林良

【兒童文學工作者】幸佳慧

★攻占各大排行榜

2005 博客來網路書店百大

2005 誠品書店年度童書暢銷排行榜

2006 英國圖書館館長票選必讀童書第一名

2008 英國 4000 名讀者每年年度票選最佳讀物第一名

★全球票房保證電影改編

2005 年 12 月《獅子 · 女巫 · 魔衣櫥》改編電影上演

2008 年 6 月《賈思潘王子》改編電影上演

2010 年 12 月《黎明行者號》改編電影上演

航向納尼亞傳奇 4：魔號角

賈思潘王子

賈思潘王子萬不得已吹響柯內留斯博士交給他的魔法號角，
彼得、蘇珊、愛德蒙和露西前一分鐘還坐在火車站月台上，
下一分鐘，四個人全被召喚回到納尼亞王國，
他們一心要拯救古納尼亞王國，
但是米拉茲國王和台爾瑪大軍步步逼近……

航向納尼亞傳奇 5：魔幻島

黎明行者號

黎明行者號航經七個小島，尋找被放逐的七個勳爵；
第一島多恩島，露西愛德蒙都成了奴隸販的階下囚；
第二島龍島，尤斯提睡了一覺竟變成了巨龍；
第四島聲音之島，無法解除醜陋的魔咒；
第五島黑暗之島，在這裡不管惡夢好夢都會成真；
第六島世界盡頭之島，第七島……走向天空之門，
那是淚水和希望之島……

航向納尼亞傳奇 6：真名字

銀椅

姬兒、尤斯提和泥桿兒墜落到不見天日的地底世界，
綠衣女巫的琴弦彈奏魔法對銀椅上的瑞里安王子說：
沒有納尼亞，沒有納尼亞……
亞斯藍告訴姬兒妳必須記住四項指引……

航向納尼亞傳奇 7：真復活

最後的戰役

一千年前以亞斯藍之名的召喚回到納尼亞的七位王者，
進入逖里安的夢境，他們要扭轉混亂廝殺的局面，
要進入一個嶄新的藍天——納尼亞中的納尼亞……

納尼亞傳奇 106

銀椅（恩佐插畫封面版）

作　　者｜C・S・路易斯
譯　　者｜張琰
出 版 者｜大田出版有限公司
台北市一〇四四五中山北路二段二十六巷二號二樓
E-mail｜titan@morningstar.com.tw http://www.titan3.com.tw
編輯部專線｜（02）2562-1383 傳真：（02）2581-8761
總 編 輯｜莊培園
副總編輯｜蔡鳳儀
行政編輯｜林珈羽
行銷編輯｜陳映璇
校　　對｜黃薇霓
封面設計｜王志峯
內頁設計｜陳柔含
三版初刷｜二〇一九年十一月一日 定價：二五〇元
三版二刷｜二〇二二年一月十九日
網路書店｜http://www.morningstar.com.tw（晨星網路書店）
TEL：04-23595819 FAX：04-23595493
購書E-mail｜service@morningstar.com.tw
郵政劃撥｜15060393（知己圖書股份有限公司）
印　　刷｜上好印刷股份有限公司
國際書碼｜978-986-179-578-2 CIP：873.59/108014431

國家圖書館出版品預行編目資料

銀椅／C・S・路易斯著；張琰譯.
——初版——臺北市：大田，2019.11
面；公分.——（納尼亞傳奇；106）

ISBN 978-986-179-578-2（平裝）

873.59　　108014431